冒険者をクビになったので、
錬金術師として
出直します！
辺境開拓？
よし、俺に任せとけ！
4
Author
佐々
Illustra
あれっくす

ジャビール

「わはは！
貴様は相変わらず
ドジだな！」
「う！
うるさいのじゃ！」
ヴァン・
ヴァイン

カイル・
ガンダール・
ベイルロード

「全軍、出立！」

「まも……る?」
「……ずっと?」
マイナ・
ベイルロード

「ああ！
ずっと守って
やるとも！」
クラフト・
ウォーケン

「〝斬閃空牙翔〟！」
レイドック

Boukensha wo kubi ni nattanode
RENKINJUTSUSHI toshite
Denaoshimasu!

辺境開拓？
よし、俺に任せとけ！

冒険者をクビになったので、錬金術師として出直します！

4

Author
佐々木さざめき
Illustration
あれっくす

目次！

冒険者をクビになったので、錬金術師として出直します！4
辺境開拓？よし、俺に任せとけ！

Boukensha wo kubi ni nattanode RENKINJUTSUSHI toshite Denaoshimasu!

想定外は、しょうがないって話

その日、俺はいつも通り、メイドのリュウコに見送られ、生産ギルドへと出発した。

「うーん。何度見ても立派だよなぁ」

錬金術師である俺は、生産ギルドで働いている。

その生産ギルドは、領主（正確には代官）であるカイルのおかげで、立地も建物も、全てが超一流だ。

立派なギルドの建物に入ると、カウンターから新人の女の子が声をかけてきた。

「おはようございます、クラフトさん」

「よう。ゴールデンドーンは慣れた？」

「はい！　ここまでの道のりは、凶悪な魔物の住む地区を横断するとのことで、ずっと震えながら馬車に乗っていましたが、到着したらそこは黄金郷だった気分ですよ！」

新入りのギルド員が笑顔で答えてくれる。そう思ってくれたのなら本望だ。

「ご飯は美味しいし、与えられた部屋は一人部屋だし、お給金は高いし、スタミナポーションも支給してもらえますし、もう実家に帰りたくないです！」

「ははは、ならよかった」

各地の生産ギルドから、ゴールデンドーンの様子を探るべく、何人もの職員が送られてきた。

彼女はその一人だ。

彼女に引きずられるように俺も笑みを浮かべながら、職員しか立ち入れない地下室へと足を運ぶ。

錬金硬化岩で分厚く塗り固められた巨大な地下室。

廊下を進み、丈夫な扉を開くと、巨大な製鉄炉やフイゴが設置された部屋がある。

製鉄炉から、真っ赤に輝く熱風が吹き出していた。

もちろん空調関係は完璧に設計済みである。

炉の準備をしていたリーファンが、俺に気づいてぱっと振り返った。

「クラフト君、遅いよ！　準備完了だよ！」

「おう！　早いな！」

リーファンが、今か今かと待っていたらしく、跳ねるように寄ってきた。

「当然だよ！　いよいよオリハルコンができるんだからね！」

「ああ、ここまで本当に大変だった……」

俺とリーファンが全力で取り組んでいるオリハルコン作りだが、紋章の囁きにより、ミスリルとアダマンタイトの合金であることが判明した。

その二つを加工するための製鉄炉の性能がまったく足りておらず、今日まで新たな製鉄炉作りに奔走していたのだ。

そしてとうとう、前人未踏の巨大製鉄炉が完成したのが昨日のことだ。

なぜ昨日作業を始めなかったかというと、一日かけて炉の温度を上げる作業が必要だったかららしい。

よく見るとリーファンの目の下には薄いクマがあった。

スタミナポーションは飲んでいるはずだが、睡眠不足を消し去る効果はないからな。

「大丈夫か、リーファン？」

「当たり前だよ！　むしろ興奮して寝られないもん！」

リーファンは少し血管の浮いた瞳を、ギラギラと輝かせる。

ちょっとだけ怖い。

「落ち着け、製鉄炉もインゴットも逃げない！」

「温度は逃げるよ！」

え？　そういうものなの？

なら、すぐに作業を始めたほうが良さそうだな。

「じゃあ始めるか。用意する物は……」

「全部準備完了してるよ！　あとはクラフト君の準備だけだよ！」

やたらハイテンションなリーファン。

なるほど、合金に必要な錬金薬各種も全て彼女の横に並べられていた。

「俺はどこに立てばいい？」

「この台を挟んで私の反対側に。溶けた金属を引っ張り出したときに、魔法を使ってもらうんだけど、この距離でもかなり熱いから気をつけてね」

「ああ……まだ始めてもいないのに熱いからな。神官ほどの効力はないけど〝耐熱付与〟しとこう」

優秀な魔術師であるエヴァの指摘で判明したことだが、黄昏の錬金術師の紋章といえども、錬金術系以外の魔法は威力がかなり制限される。

とはいえ、魔力効率は悪くとも、補助魔法が使えるのはありがたいことだ。

オリハルコンの精製に必要なのは、高性能の炉、鍛冶師の腕、いくつもの特製錬金薬、それともちろんミスリルとアダマンタイト。

そしてもう一つ、大事なものが必要だ。

それが。

「まさか二つの金属を混ぜ合わせるときに、錬金魔法を使わなきゃいけないとはな……」

「うん。今まで誰も作れなかったはずだよ」

リーファンより腕の良い鍛冶師は何人も存在する。もちろん名匠と呼ばれるような人たちだが。

おそらく彼らのうち何人かは、オリハルコンに触れ、その加工法を知っただろう。

だが、精製は？

それはおそらく無理だったのだ。

なぜなら、ミスリル、アダマンタイト、オリハルコン全てを知った黄昏の錬金術師の紋章持ちでもない限り、その囁きを聞くことはないのだから。

俺はそっと左手の紋章を撫でる。

紋章の囁きに従って、これだけの準備を整えることができた。だから、これからやることにも迷いはない。

「よし、リーファン！　始めてくれ！」

「うん！　いくよ！」

ミスリルとアダマンタイトという魔法金属と、特殊な錬金薬が放り込まれると、炉から強烈な光が発せられた。

「……うん……うん。ゆっくり……混ざってる！」

「おお！」

炉から延びる溝に、熱せられた緋色の金属がとろりと流れ出してきた。

これが……。

「これが、オリハルコン」

「違うよ、クラフト君。今から、君がオリハルコンに錬金するんだよ！」

ゆっくりと溶けた金属が溜まっていく様子に、俺はごくりとツバを飲み込んだ。

耐熱レンガで組まれた容器に、ゆっくりと溜まっていく緋色の金属。

その容器には、あらかじめ必要な錬金魔法陣がみっちりとかき込まれている。

俺は錬金魔法をいつでも発動できる態勢で、リーファンの合図を待つ。

ジリジリと流れる時間。

まだか？　まだなのか？

「……クラフト君、今！」

「よし！　〝錬金術：オリハルコン合成〟！」

複雑怪奇な魔法陣が浮かび上がり、容器を包み込み、魔術式が輝いて躍る。

ずわりと、身体中の魔力が一気に引っこ抜かれた。

まずい！

俺は左手を魔法陣にかざしたまま、慌てて試験管型ポーション瓶を引っこ抜き、マナポーションを飲み干す。

七割がたの魔力が回復した感触があるのに、その膨大な魔力も、あっという間に紋章から流れ出る。

立て続けに十本のマナポーションをあおりながら、無理矢理魔法を維持してやった。

どうだこのやろう！

大量の魔力を吸った魔法陣が、とうとう完全に発動し、地下室全体を光に包んだ。

「きゃ！」

「まぶしっ⁉」

強烈な魔力発光に目がくらむ。ようやく視界が戻ると、そこには……。

「……」

「……」

インゴット型の耐熱レンガの容器が壊れていた。

「……」

「……」

失敗した――わけではない。リーファンが低い声を漏らす。

「ねえ、クラフト君？」

「……あー、はい」

「私、聞いてないんだけど？」

リーファンの指した先に、十個のオリハルコン・インゴットが並んでいた。

ほらあれだ、失敗して減るよりいいよね？

「そういう問題じゃないからね⁉」

俺は久々にリーファンのツッコミを堪能するのだった。

……さて、これだけのオリハルコンか。

ふふふ。

やってみたかった全てができそうだな！

「話聞いてる⁉　クラフト君！」

作りたい物に思案を巡らしていたので聞いていませんでしたぁ！

「クラフト君！　正座！」

「はい！」

俺は元気よく正座したが、頭の中は作りたい物のリストでいっぱいである。

「これは……ダメそう」

なぜかリーファンが深いため息を吐いたのだった。

新しい魔導具は、わくわくするよなって話

俺は今日も生産ギルドへやってきた。ノルマの錬金薬を納めるためだ。

ギルド員と適当に挨拶をしていると、リーファンが奥から飛び出してくる。

「クラフト君！　完成したよ！」

「お！　どれどれ？」

彼女が差し出してきたのは、いくつかの指輪。

オリハルコンのインゴットが完成してから数日、俺はリーファンに頼んで、指輪を作ってもらっていた。

使用した素材は、完成したオリハルコンをさらに錬金術によって変化させたものである。

とても繊細なデザインが施された、特製オリハルコンの指輪を明かりにかざす。

「素晴らしいデザインなんだけど、装飾品じゃないんだから、こんなに凝った作りにしなくてもよかったんじゃないのか？」

すると、リーファンは目を丸くした。

「あれ？　クラフト君知らなかった？」

「え？　なにを？」

「魔導具の装飾って、ほんの少しだけど、効力を高めるんだよ」

「え⁉　そうだったのか⁉」

「うん。錬金釜にも気合いを入れて装飾しておいたでしょ？　ってただの飾りだと思ってたんだ」

「すまん。思ってた」

知らなかった。

そういえば魔導具って、やたらと装飾過多だと思ってたんだよな。

「そういうのは、錬金術師の紋章からはわからないんだね」

「鍛冶の領域ってことなんだろうな」

しかし、そうか。

錬金釜の効果が高くなっていなかったら、ポーションの作成が追いつかず暴走したコカトリス集団の侵入を許していたかもしれないな。

改めてリーファンには感謝しかない。

俺が理解したと頷くと、リーファンは嬉しそうに指輪を一つ手に取った。

「この指輪がクラフト君専用だよ」

渡された指輪は、他の指輪より一回り大きく、装飾も派手である。つまりそれだけ多機能なのだ。

「じゃあ、さっそく試してみるか」

「うん！」

リーファンも自分用の指輪を取り出す。

ちなみに渡す予定の人に合わせたサイズに調整済みのはずだ。

リーファンが指輪をはめていると、そこに生産ギルドの新人職員が書類を抱えてやってくる。

新人プラム・フルティアだった。かわいい顔の女の子である。

「ギルド長、こちらの書類なんですが、このまま商会にお渡ししていいですか？」

新人職員のプラムに渡された書類を一読して、リーファンの表情が緩む。

「うんうん。よくできてるよ、プラムちゃん！　もうだいぶ慣れたね」

「はい！　ありがとうございます！」

仕事を褒めているリーファンの身長が低いせいで、子供とお姉さんのおままごとに見えてしまう。

「クラフト君、何か失礼なこと考えてない？」

「何一つとして！」

思考を読まれた⁉

「クラフト君、自覚ないのかもしれないけど、ものすごく顔に出るタイプだからね？」

「お……おう」

そうだったのか。……気をつけよう。

二人で漫才をしていると、新人のプラムがなぜか顔を赤らめている。

なんで？

「えっと……やっぱりお二人はそういう関係だったんですね！」

「ん？　そういう関係？」

「え？」

そういう関係って、どういう関係？　ギルド長とその部下職員？

「ちっ、違うよ⁉　クラフト君はそういうんじゃないんだからね⁉」

リーファンが慌てふためき手を振って否定する。

どうやら彼女には意味が通じてるらしい。

「でも、似たデザインの指輪をされているようですし……」

「指輪？」

よくわからないが、プラムは指輪が気になるらしい。

「んー、この指輪は新しい魔導具だぞ？」

「え？　魔導具ですか？」

「ああ。そうだ、今からテストするところだから見てるといいよ」

「なんだぁ、婚約指輪じゃなかったんだ。噂は噂だったのかな？」

「ごめん、聞き取れなかった」

プラムが何かをつぶやいたが、声が小さく聞き取れなかった。

「なんでもないです！　それより、どんな効果の魔導具なんですか？」

なぜか慌てるプラムだったが、それよりも知りたいならば答えねば！

最近は錬金術師として、物を作る喜びに目覚めてきたのだ！

自分の作った物を説明するのは何より楽しい。

「よくぞ聞いてくれた！　この魔導具はな！　なんと離れた場所にいる人と会話ができる魔導具なんだよ！」

「え⁉」

「名付けて、通信の魔導具！」

「よくわからないけど凄いです！」

プラムが凄く驚いてくれる。

素直で嬉しいぞ！　そういう反応が見たかった！

俺は鼻を高くしながら、指輪をはめる。

「まずは起点になる俺の指輪に魔力を込めてっと……」

ずわりと魔力が指輪に吸い込まれ、装飾が魔力発光し始めた。

錬金釜と同じだな。

なるほど、魔導具の魔力発光は、特殊な装飾も理由だったのか。勉強になる。

「予想していたとおり、かなり大量の魔力が持ってかれるな」

魔導具を発動させるだけで魔力が大量に必要になるのはわかっていたが、実際に使ってみると、多用できるものではないとわかる。

「やっぱり大量に魔力を消費してるみたいだね」

リーファンが俺の指輪をのぞき込む。

装飾の発光具合から、魔力の消費量を予測できるのだろう。

「ああ。起動するときは、俺の指輪を介在する形にして良かったよ。もし全ての指輪の性能を同じにしていたら、ほとんどのやつが魔力不足で起動もできないと思う」

正確には、俺とジャビール先生の魔力量なら使える。

それと、エヴァが使えるようになる可能性も高い。今のエヴァではきついと思うが、ゴールデンドーンでしばらく頑張れば、彼女の実力なら魔力も足りるようになるだろう。

「おかげでクラフト君の指輪以外は、機能の制限があるけどね」

ジャビール先生に渡す予定の指輪も、俺と同機能なのだが、これは内密の話なのでリーファンは口にしない。

リーファンが指輪をはめていると、プラムが興味深そうに聞いてきた。

「えっと、私も魔導具でお話ししてみたいです！」

通信の魔導具は、複数の人とも繋がることができるので、この提案はありがたい。

「生産ギルド用にも指輪を用意してあるからちょうどいい、プラムが使い方を覚えてくれよ」

「はい！　わかりました！」

リーファンが生産ギルド用の指輪をプラムに渡す。少し大きめに作ってあるので、彼女の指にはぶかぶかだったが、生産ギルドとの緊急連絡用なので問題はないだろう。

「テストしながら説明するぞ」

「うん」

「はい！」

俺は指輪に魔力を込めて念じる。

「〝精神感応・リーファン〟〝精神感応・生産ギルド〟」

俺の指輪の魔術式が発動し、表面に魔法陣が浮かぶ。

装飾の魔力発光と合わさって、けっこう派手だ。

同時に、リーファンとプラムの指輪も淡く光り始める。

「わっ⁉」

「え？　え⁉　何か頭の中に響いてきました！」

どうやら最初の段階は成功したらしい。

オリハルコンの特性を利用して、二人の精神と俺の精神が繋がったのだ。

ただ、今の状態では完全に繋がっているわけではなく、これから繋げてもいいかと、扉をノックしているような状態だ。

なので、二人には精神の扉を開いてもらう必要がある。

「よし。二人とも、心の中でいいから〝精神感応・クラフト〟って唱えてくれ」

「は、はい！　精神感応、クラフトさん！」

「いや、口に出さなくていいんだが……、いや、俺も最初だから口に出してたけどさ……ん？

お、おお⁉」

ふっと、意識の一部が、プラムと繋がった。

頭の隅に、ぼんやりとした映像が浮かび上がる。

はっきりしないが絶世の美男子がそこに！

……はい、ごめんなさい。プラムが見ている、俺の姿です。

まだ指輪に慣れていないので、表情もわからない程度にぼやけてます。はい。

なんであれ、彼女の見ている視界が脳内に浮かび上がったってことは、精神感応が成功したってことだ。

「わっ⁉　わっ⁉　視界が二重に見えます！　……違いますね、なんていうか、別の視点が頭の中にぼんやりと浮かび上がるというか……」

プラムがわちゃわちゃと慌てふためく。

魔法に慣れていないと、最初は混乱するかもしれないな。

「声はどうだ？」

「え？　そういえば……」

「近すぎてわからんか。ちょっと待っててくれ」

俺はギルドの倉庫へと移動する。中は荷物が山積みだ。

「プラム。聞こえるか？」

『わっ！　わっ！　聞こえます！　クラフトさん、隠れてませんよね？』

俺は思わず苦笑してしまう。

プラムの声はしっかりと、さらにプラムの視界がぼんやりと理解できているので、正常にお互いが精神感応できているのが確認できた。

彼女にも俺の視界が見えているはずである。

「プラム。俺の見ている風景はわかるか？」

『は、はい……えっと、たぶん倉庫だと思います。樽と木箱がいっぱい見えるので』

そのタイミングで、リーファンとも精神が繋がった。彼女は心の中で指輪を発動させたのだろう。

「そうか。リーファンはどうだ？」

『うん。見えてるし、聞こえてるよ』

もうちょっと驚いてくれると思ったんだが、普通の反応だな。

「なんかテンション低くない？」

『低くないよ！　驚きすぎて、言葉が出ないんだよ！』

「なんだ、そうだったのか。なかなか便利そうだろ？」

遠くの人と通信するための魔導具は、ずっと欲しかったのだ。

『クラフト君……これ、とんでもない魔導具だからね!?』

リーファンの声は震えているようにも感じる。

このまま精神感応で話してもいいのだが、さっきから指輪に魔力をもりもり持っていかれているので、長話はやめておこう。

「すまん。まだ慣れてなくて、魔力消費が大きい。いったん切るぞ」

慣れればもう少し魔力を効率よく使えるようになるだろう。

二人のところに戻ると、プラムが興奮していた。

「クラフトさん！　凄いです！　こんな魔導具、初めて見ました！」

「おう！　驚いてくれたようだな！　便利だろ！」

「はい！　これってどのくらい遠くの人と話せるんですか？」

「う〜ん。その辺は慣れもあるからなんとも。予想だと、王国の端まで届くと思う」

この辺の細かい範囲は、〝鑑定〟の魔法を使ってもよくわからない。

おいおいテストしていこう。

おそらく洞窟の中や、異界化したダンジョンなどとの接続は無理だろう。

「クラフト君？　そろそろちゃんと説明してくれるかな？　かな？」

なぜか少し怖い顔をしているリーファンだが、今回はちゃんと性能を前もって教えてあるから、怒られることはない。

……ないよね？

「え？　性能は教えてあったろ？」

「私が聞いてるのは、遠距離の通信の魔導具ってことだけだよ！　それだけでもとんでもないのに、なにあれ！　声だけじゃなくて、風景まで見えたんだけど!?」

「あれ？　言ってなかった？」

「聞いてないよ！」

あれー？　そういえば、通信器具としか言っていなかったような気もする。

うん。言ってなかったわ。

よし、ごまかそう。

「えっとな、オリハルコンって金属なんだが、面白い特徴があってな。これ、精神感応金属だったんだよ。生成されたオリハルコンを錬金してやると、その塊は分割しても魔力的に繋がった状態になるんだ。つまりこの特性を利用したのがこの指輪で……」

「ク・ラ・フ・ト・君？」

あ、はい。これは正座ですね？　俺が床に膝を落とすと、リーファンは苦笑いしながら首を振った。

「いやあの、説教するつもりじゃないんだよ？」

「え？」

「ちょっと想像の斜め上な性能でびっくりしちゃったけど、とっても凄い魔導具だからね！」

「なんだよ、驚かすなよ」

なんか最近、新しい物を錬金するたびに正座させられてたから、つい反射的に……。

「うん！　凄いよクラフト君！　……でもね、今度からもうちょっとちゃんと説明しておいて！」

「おう！　努力する！」

「そこは努力じゃなくて、必ず実行しよう⁉」

俺とリーファンの、いつものやりとりを、プラムがどこか冷めたような目で見つめていた。

「あの。お二人の世界を作るのはいいんですが、もうちょっと使い方を教えてください」

おっと。説明の途中だったのを怒っているのか。

「すまん。この通信の魔導具だが、いくつか制約がある。まず、会話するのは俺から繋げるしかない」

「私たちの指輪から呼びかけられないってことですか？」

プラムが自分の指輪をまじまじと観察する。

「そうだ。最初は俺のほうから、狙った指輪に精神を飛ばす。するとプラムとリーファンが感じたような、繋がった感覚を得られる」

「あの最初の頭の中に声が響いてくる感覚ですね」

プラムがあれかという顔をする。

「そうだ。だが、その時点では完全に繋がっていない。受け手が〝精神感応・クラフト〟と明確にイメージして、初めてしっかりとお互いが繋がるんだ」

「あの、忙しいとかの理由で、繋げたくないときはどうしたらいいんですか？」

「普通に感応を拒否してくれればいい」

俺はもう一度、二人に精神感応を飛ばし、それを拒否してもらう。

「……繋がりませんでした」

「なら正常ってことだ」

「これ凄い便利ですね！　ぜひ生産ギルドで量産しましょう！」

プラムはとても嬉しそうだが、それは無理だ。

「いや、作成にはオリハルコンが必要だし、それを加工するための素材もいろいろと必要だ。現状ではこれ以上増やすつもりはない」

「えー」

残念そうなプラム。

リーファンが半目を向けてくる。

「クラフト君。すでに二〇個以上指輪があるんだけど……」

「それは知り合い連中に配る分だよ」

予備も含めての数だが、インゴット一つを精神感応オリハルコンに精製しちゃったから、まとめて作らないともったいないだろ？

「配って大丈夫……かな？」

「カイルやリーファン、レイドックたちに渡すんだ。大丈夫」

信頼できるやつにしか、この精神感応指輪を渡す気はない。

一応、誰に渡すかはカイルに相談する予定だ。

まぁ、反対される気はしないいんだけどね。

「ならいいんだけど」

リーファンの顔は、どこか浮かない。

「なんだ、リーファン。問題あるか？」

「どうして問題がないって思えるの、クラフト君⁉」

「え？　え⁉」

「アーティファクトを量産して、それを配っちゃうんだよ⁉　もうちょっとよく考えよ⁉」

うーむ。レイドックに連絡が取れずに苦労したことが多かったから、渡しておくべきだと判断したんだが。

あと、いざというとき安否をすぐに知りたい連中だ。

過去の問題点を考慮して通信の魔導具を作ったわけだが、なにか問題があるだろうか？

「あ」

問題があるとしたら、これか！

俺は通信の魔導具に重大な欠点があることに気がついた。

「やっと理解してくれた？」

「おう！　なるほど盲点だったぜ！」

これは構造的欠陥だった。

リーファンが懸念するわけだな！

「うんうん。わかってくれればいいんだよ！」

「ああ！」

俺は腕にぐっと力を入れて答えた。

「トイレや風呂のときに通信が来るのは、ちょっと困るよな！」

リーファンの目が点になった。

プラムの目が点になった。

俺はどや顔だった。

なぜか無言の時間が寒々しく流れる。

あれ？　なんで？

「クラフト君！　正座！」

「えええええぇぇ!?」

俺は結局正座させられると、目を三角にしたリーファンから、政治的な考慮やら、軍事的な側面やらの説明を延々とされた。

情報の革命とか、分断された部隊の連携がどうとか。

難しい話が頭の中をぐるぐると駆け巡り、足がしびれきったあと、最後に俺はこう結論づけた。

「うん。トイレや風呂に入るときは、指輪を外してもらえばいいんだな！」

「わかってなあああぁぁぁい！」

なぜか正座が二時間延長された。

解せぬ。

こうして、俺たちは通信の魔導具で繋がるようになったのだ。

全ての準備は、これで万全って話

「こ、これはとんでもない魔導具ですよ！　クラフト兄様！」

「気に入ったか？」

俺は意気揚々と、完成したばかりの精神感応指輪……通信の魔導具を持って、カイルに会いに来ていた。

さっそく通信を試してもらったのだが、カイルが珍しく興奮している。

「もちろん気に入りました！　しかしこれは……」

カイルが顎に手をやって考え込む。

それを見て、護衛のペルシアがうっとりと頬に手をやった。

「カイル様、かわいいです」

そこは全面的に肯定だな。カイルはかわいい。

アルファードは苦笑気味だが、お前も素直になれよ！

カイルはもっと素直に喜んでくれると思ったが、妙に真剣な表情だった。

俺もそろそろ、この魔導具が結構なシロモノだと理解している。

カイルの思考を邪魔しないよう、アルファードがこちらに視線を向けた。

「その通信の魔導具とやらは、私たちにも渡してもらえるのか？」

カイルの護衛であり、軍の総責任者であるアルファードに渡さない理由がない。

「もちろんだ」

俺はアルファードだけでなく、ペルシアとマイナにも指輪を渡し、使い方を説明し、実践してもらう。

マイナとの練習中、彼女があまりしゃべってくれなくて少し不安になったが、指輪をはめて、嬉しそうな姿を見ていたらどうでもよくなった。

通じているみたいだから、上機嫌で膝の上で足を振っているマイナの邪魔をするのはやめておこう。

アルファードの反応はマイナと正反対だった。

「まったく……クラフト。貴様は相変わらず自重せんな」

「便利だろ?」

「ああ、便利だ。通信の開始が、貴様からのみという点を差し引いても、紛れもない国宝級アーティファクトなのを認めよう」

「だったら少しは喜べよ」

苦笑するアルファード。

「阿呆。国宝級を量産してるから、頭を抱えているんだろうが」

「カイルのためだからいいんだよ」

「それを言われるとな……。たしかに、開拓、軍事どちらにおいても代えがたい。一応礼を言うぞ」

「一応かよ！　素直に伝えてくれよ！」

まったく、こいつはいつも真面目で堅物だな。

聖騎士ってのは、堅物じゃないとなれないのかね？

一方、ペルシアの反応はというと。

「クラフト！　貴様！　間違っても着替え中に通信を送ってくるんじゃないぞ⁉」

これである。

「だから、繋がって困るときは、指輪を外してくれって説明したろうが」

「馬鹿者！　護衛として、これほど素晴らしい連絡手段を外すなど考えられんだろうが！」

ああ、そりゃ確かに……。

「最初に通信を送ったとき、否定してくれれば繋がらないから……」

「ほんとか⁉　本当に大丈夫か⁉　実はクラフトだけ私の裸体をねっとり覗いている可能性はゼロなのだな⁉」

「もちろんだ！」

「誓え！　クラフト！」

「お、おう！」

だめだ。このポンコツ騎士、心配する方向が明後日すぎるわ！

そこにアルファードが苦笑しながら割って入ってくる。

「大丈夫だクラフト。私たちは護衛だ。護衛に男も女もない。非常時は遠慮なく連絡してきてくれ」

「ぬ！　……ぐ！　アル！」

「恥ずかしがって、万が一を起こしていいのか？　ペルシア」

「ええい！　そんなことはわかってる！　わかってるが……！」

えーと、俺はどうすりゃいいの？　困っていると、カイルが笑顔で指輪をかざした。

「大丈夫ですよ、ペルシア。クラフト兄様が最初に連絡を入れてくるのは僕になると思いますから」

「え？　あ。それもそうですね……」

「つまり、兄様がペルシアに直接連絡を送るときは、緊急度が高いときだけになると思いますよ？」

それもそうだな。

やっぱカイルは頭がいいや。

……連絡したときに限って、風呂に入ってるとか……ないよね？

俺とペルシアが漫才を終えると、カイルが表情を引き締める。

「クラフト兄様。この通信の魔導具ですが、他にどなたに渡すつもりでしょうか？」

「俺が考えているのは……」

名前を並べると、カイルは大きく頷いた。

「わかりました。全員を集めましょう」

◆　◆　◆

次の日、カイル邸に俺の信頼する仲間たちが集まっている。

今から彼らに通信の魔導具である指輪を渡すのだ。

カイルとマイナ。それにアルファードとペルシアはすでに受取り済みである。

リーファンにも、すでに指輪を渡してあるが同席してもらった。

そして本命は、蒼い髪をなびかせたレイドックである。

いや、なびいてないけど。

凄腕のBランク冒険者であり、親友であるレイドックとの連絡が取れるようにするのは、何よりも優先度が高いだろう。

コカトリス戦を思い出す。あのときこの魔導具があったら、ずいぶんと楽だった。

リーファン以外に亜人が二人。

一人はカイルに呼び出され、落ち着かなそうに席に着いている、キツネ獣人のアズール。

もう一人は最近ゴールデンドーンの住人になったリザードマン少女のシュルルだ。

アズールは教会の責任者であり、幼なじみだからぜひ持っていてもらいたい。彼女が持っていれば、孤児たちとも連絡が取りやすいのもいい。

先ほどから俺ににじり寄ろうとしては、マイナに妨害されているシュルルに渡すのは、少し悩んだ。

だが、カイルと相談して、リザードマン代表として渡すことに決めた。

新しい村長であるジュララに渡すことも考えたが、以下の理由で彼女に決めた。

湿地帯の魔物の討伐が上手くいき、ザイードとの交渉が上手くいったらという前提になるが、湿地帯の開発と、リザードマン村の建設が始まることになる。

そのとき、ゴールデンドーンとリザードマン村を往復する、外交官の役割をシュルルは担うことになっているのだ。

村との窓口であるシュルルに通信の魔導具を渡すのは適切だろう。

……ジュララに指輪を渡して、シュルルに渡さなかったときが怖いとか考えてないよ？　ないからね？

カイルと相談したといえば、さらに二人。

狩人のジタローと、冒険者のエヴァだ。

ジタローは……まぁ渡さないと仲間はずれみたいになっちゃうからな。やつに渡すと言ったとき、カイルも苦笑していた。

エヴァに関しては、かなりカイルと長い時間協議した。

レイドック以外にもBランク冒険者がいるなか、Cランクのキャスパー三姉妹に渡すべきだろうかと。

しかし、キャスパー三姉妹なら、ゴールデンドーンで活動していればBランクに上がるのは確実だし、すぐにレイドックパーティーに匹敵する実力を得るだろう。

何より、長い旅を一緒にしてきたのが大きい。

アルファードは難色を示していたが、リーファンの口添えもあり、最終的に候補に残った。

この場にはいないが、あと二人。

生産ギルド用の指輪を、普段プラムが持つことになっている。

最初の実験に参加してしまったからな。

最後が俺の使い魔であり、人造メイドであるリュウコだ。

彼女は使い魔なので、指輪がなくともある程度の感覚は共有できるのだが、この指輪をつけると、より高度なやりとりができることが判明。

なんと彼女のほうから、俺に通信を飛ばすことができるのだ。

俺を含めた十三人が、通信の魔導具を持つことになった。

カイルの提案で、カイルが買い取り、彼らへは貸与の形を取る。

ちなみにこの十三人の他にオルトロス辺境伯と、ジャビール先生にも送ることが決定している。

リーファンとカイル以外には内緒だが、ジャビール先生に渡す通信の魔導具は、俺と同等品である。

先生の魔力量なら、なんとか起動に必要な魔力は足りるだろう。

それに先生には、弟子としてフルスペックの魔導具を渡しておきたい。

みんなに配る魔導具では発信できないので、そのあたりを説明しておこう。

「みんな、基本的に通信は、俺からしか繋げられない。一度繋がったら、切断するまでは、双方向で精神感応できる」

それを聞いてシュルルが残念そうな表情を浮かべる。

「それじゃあ、私からクラフト様にお話しはできないの⁉」

「あ、ああ。魔力消費もきついから、普段は繋げるつもりもないしな」

「なんだぁ。毎晩お話しできると思ったのになぁ」

シュルルが肩を落とすと、なぜかマイナが彼女の足をぺしぺしと蹴り始めた。

暴力はいかんぞ、マイナ。

……まったく効いていないし、シュルル本人も気づいてないみたいだけどさ。

俺はマイナを持ち上げ、抱きかかえると、おとなしく抱き返してきた。

子供の体温高いな。

ちょっと間抜けな格好だが、俺が通信の魔導具の使い方を全員に説明する。

レイドックは「これは便利だ」と感心していたが、エヴァの顔が青くなっている。

「え……これ、凄すぎるんですけど。洒落(しゃれ)になりませんよ。もし量産されたら、流通でも戦争でも開拓でも、革命的変化が起きるじゃないですか」

どうやらエヴァはカイルと同じ利点に気がついたようだ。さすがである。

俺はいまいち凄さがわからないんだけどね！

あ、もちろん国宝級アーティファクトなのは理解してるからな！

俺の説明が終わると、カイルが改めて表情を引き締めた。

「みなさん。この魔導具はとても貴重なものです。ですが、ゴールデンドーンの発展に欠かせないものと判断し、皆様に貸与いたします。どうぞ悪用などせず、大切にしてください」

カイルの宣言に、全員が恭しく頭を下げるのだった。

その日から一ヶ月ほどが過ぎた。

この一ヶ月の間に、カイルは冒険者と連携し、湿地帯の魔物殲滅（せんめつ）作戦を進めていた。

何度も下見に冒険者を派遣し、リザードマンの戦士にも往復してもらい、村に最適な土地かどうかなどを確認していく。

どうやらあの湿地帯はリザードマンにとって最高の環境らしく、ぜひあの土地に住みたいと懇願された。

最終的に広大な湿地帯の半分を農耕地に、残りをリザードマンの村として、農地の維持管理と防衛を担ってもらう方向性で話が決まる。

その間にいくらでもザイードと話し合うことはできたのだろうが、カイルは全ての用意を終えてから話をするつもりらしい。

湿地開拓を絵空事ではなく、確実に可能だと見せたうえで、農地の共同開発を持ちかけるつもりのようだ。

開拓の許可が出なくとも、討伐だけは実行するとカイルが決定している。

上手くいけばいいのだが。

討伐隊メンバーには、ドラゴン戦に参加した歴戦の冒険者に、リザードマンの戦士たち。新たに実力を認められた冒険者も参加する。もちろんキャスパー三姉妹も含まれていた。

カイルの直衛として、私兵の多くをアルファードが指揮する予定である。

ペルシアは今回お留守番組だ。

ちなみにリーファンも討伐隊に参加予定。

彼女からしたら、あの湿地帯の魔物を一掃するのだから留守番などできるわけもない。

旧ゴールデンドーン村、現ザイード村は、昔彼女が住んでいた村の跡地に建てられ、その村を滅ぼしたのが、あの湿地帯からのスタンピードだったのだから。

◆◆◆

これは、湿地討伐隊の準備が佳境になった頃の話だ。

俺とリーファンはいろいろと一緒に行動することが多くなっている。

生産ギルドを二人で出るとき、新人職員のプラム・フルティアがわざとらしく半目を向けてくる。

えっと、なに？

「いえ、今日もお二人は仲がいいんですねーと」

「喧嘩してるよりいいだろ?」

一方的に正座させられることは多いが、喧嘩じゃないぞ。

「いえいえ。末永くお幸せに」

「……なんか、こう、引っかかる言い方だなぁ」

「プラムちゃん！　違うんだからね⁉」

「はいはい。カイル様が待ってるんですよね?　はやく行ってくださいな」

「もう！　もう！」

二人の会話はよくわからんが、違うらしい。

……なにが?

謎の会話は疑問に思ったが、それよりも、報告事項を確認しながらリーファンと歩く。

そのまま恒例の報告のため、カイル邸にやってきた。

いつも通り、リーファンが定位置の椅子——俺のとなりに腰掛けようとしたときのことだ。マイナがリーファンをぐいぐいと押して、俺から一つ離れた席へと移動させたのだ。

マイナがリーファンを押し始める。

なにを言っているのかわからないと思うが、両手でうんうんと一生懸命押しているのだ。

「あ、あの、マイナ様?」

マイナの力でリーファンを動かすことは無理だが、リーファンは押されるままに移動する。

「マイナ様?　私はここに座ればいいのですか?」

「……ん」

マイナは満足げに頷くと、俺の膝へとよじ登ってくる。

むふーと鼻息を吐いて、とても満足げだ。

どうにも最近のマイナの行動が読めない。反抗期かね？

◆　◆　◆

しばらくして、湿地討伐隊が出立する日が近づき、カイルとメンバーについて詳細を詰めていたときのことだ。

「……ん！」

マイナが俺の足にがっしりとしがみついてきた。

「えっと、マイナ？」

「……ん！」

ペルシアも困り顔だ。無理矢理引き剥がすのは簡単だが、できるはずもない。

カイルが不思議そうな顔を向ける。

「マイナ？」

「……」

カイルは全力でしがみついているマイナと、俺の顔を交互に見やる。

しばらく無言だったが、何かを決心したようだ。

「マイナ。付いてきたいんだね？」

「……ん」

おいおい、そりゃ無茶だろう。

湿地帯によく出るヒュドラから二人の身を守るくらい、今の俺たちなら楽勝だが、それでもやっぱり何が起こるかわからないのが辺境だ。

あまり連れて行きたくはない。

「マイナ……うん、そうだよね」

カイルが優しくつぶやく。

なにが「そう」なんだ？

「……クラフト兄様。マイナの足手まといは重々承知で、あえてお願いします。ザイード村までいいので、妹を一緒に連れて行ってください」

「え？」

ちょっと予想外のお願いだった。

「ザイード村に着いたら、どうするんだ？」

「ザイードお兄様のお屋敷に預けます。マイナもそれでいいね？」

「あの村までの移動なら、俺たちだけじゃなくレイドックやエヴァたちも一緒だから、安全は保証されてるようなもんだが、ザイードにマイナを預けるのか？」

「クラフト兄様がザイードお兄様を信用していないことは理解していますが、さすがにマイナは大丈夫です」

「本当か？」

するとアルファードとペルシアも苦笑気味に断言する。

「ザイード様はあれで案外、マイナ様には甘い。マイナ様が頑なにカイル様についていくとだだをこねたときも、ザイード様はマイナだけは預かろうとおっしゃったのだ」

アルファードの言葉にペルシアも続くが、その表情は苦虫をかみつぶしたかのようだった。

「もっともそれを知ったマイナ様が、むしろ何が何でもカイル様についていくと強情を張って、私が護衛になることでカイル様と一緒に来ることになったのだがな」

ああ、うん。そりゃそんな表情にもなるわな。

「そして、今のマイナ様の態度は、あのときとそっくりで……つまり、テコでも動かん」

だからカイルは妥協案を出したのか。

カイルはさらに続ける。

「どちらにせよ、兄妹揃ってザイード兄様に挨拶に行くにはいい時期でしょう。湿地帯開墾に対する誠意と本気度も伝わります」

それはたしかに。

俺はしがみついているマイナに顔を向ける。

「マイナ。そんなに一緒に来たいのか？」

「……ん」

俺は数秒考えて続ける。

「それじゃだめだ。付いてきたいなら、言葉にするんだ」

無口なマイナが、ここで意思を見せるなら……。

「……に」

に？

「カイル兄様……クラフト兄様と……一緒に……いたい」

おおう。

予想以上に長文だった。

こんな長い言葉を聞いたのは初めてか？

俺は両手を上げて降参した。

彼女の決意は本物だからだ。

きっと、ザイードのところに行くカイルから離れたくないのだろう。

「わかった。俺が守ってやる。約束だ」

するとマイナはゆっくりと足から離れ、立ち上がる。

軽くドレスの埃を落としてから、俺のマントをちょんと摘まんだ。

「ん」

「ただし、絶対にザイードのところで待つんだぞ」

「……ん」

マイナは顔を落としていたので、彼女の表情はわからなかった。

あ、そうか。絶対ザイードに預けなくても、ジャビール先生に頼めばいいんじゃないか？

お忙しいと思うけど、現地に着いたら先にお願いしてみよう。うん。

こんな事情で、道中ザイード村まで、マイナも同行することになった。

……。

まさかこの決定が、あんな事態を引き起こすとは思わずに……。

◆　◆　◆

その日、ゴールデンドーンの南門に、たくさんの住民が集まっていた。

カイルを先頭に通りを進むのは、湿地討伐隊である。

レイドックを筆頭とした歴戦の冒険者に、リザードマンの戦士たち。そして、キャスパー三姉妹もいる。

アルファードが私兵を指揮していた。

戦士たちがずらりと並ぶさまは、壮観だった。

馬車にはマイナが搭乗。

ペルシアが心配そうにカイルとマイナを見ているが、彼女は留守番組だ。

彼女だけでなく、コカトリス戦で活躍した、戦士のデガード・ビスマックと虎獣人のタイガル・ガイダルも残る。

私兵を指揮する二人は、防衛の要だ。

市壁が完成した今、街の防衛はペルシアたちがいれば大丈夫。

もちろん大量の錬金薬を、防衛用に街にも討伐隊にも用意してある。

万全の体制を整えて、俺たちは一路湿地帯を目指すのであった！

「その前に、ザイード様の村に寄らなきゃなんだけどね」

「リーファン。テンション下げること言うなよ……」

正直、すんなりとことが進むとは思えないんだが……。

カイルが先頭に立ち、咳払いを一つ。

「それでは湿地討伐隊！　出立します！」

「「おおおおおおお！！！」」

ま、なんとかなるよね？

▼トラブルは、小さなことからって話

ザイード村は、湿地帯に一番近い村だ。

場所だけで言えば、危険な未開拓地に突出した位置にあるのだが、現在は街道が整備され、ゴールデンドーンに向かう唯一の宿場町として栄えている。

ザイードがそこを治めると聞いたときは、すぐに更地になるかと思ったが、思っていた以上に発展している。

すでに町と呼べる規模だろうが、村と呼称しているらしい。

もしかして、ザイードってそれなりに有能？

そんなことを考えながら、カイルの後ろをついて行く。

ザイードとご対面か……今回はちゃんと自重せんとな。

さすがに、初対面で喧嘩を売ったことは、少しだけ反省している。主に態度の話だが。

今回はちゃんと敬語でいこう。状況次第で、丁寧に喧嘩を売る可能性はあるが。

そんなことを考えていると、アルファードと一緒に門前に行った、カイルの声が聞こえた。

「え？　ザイードお兄様がおられない？」

事情を説明しているのは、執事だが、非常にうろたえた様子をみせている。

単純に貴族（正確には貴族ではないらしいが）のカイルが突然訪ねてきたからだけではなさそ

うだ。

　すぐにカイルがアルファードに目配せする。

「執事。突然の訪問で困惑していると思うが、ザイード様は会いたくないとおっしゃっているのではなく、留守なのだな？」

　アルファードが威厳を崩さず、執事に尋ねる。このあたり、カイルでは出せない貫禄だ。

「は、はい。ただいまザイード様は、湿地帯へ遠征に向かっております」

「え？」

　カイルの表情が固まる。

……え？　ザイードが遠征？　聞き間違いじゃないよね？

　アルファードが表情を引き締める。

「執事。詳しく話せ」

「は、はい。実は……」

　執事の話した内容に、俺たちは思わず頭を抱えた。

「まさか、ザイード兄様が湿地帯開拓を考えていたとは思いませんでした」

　カイルの顔が青い。

　執事から聞き出したザイードの兵力は三百ほど。帰還予定日をすぎているが、まだ戻ってきていないそうだ。

　アルファードがこちらに顔を向けてくる。

「クラフト。戦力的にどう思う？」

「どうもこうも、論外だな。ジャビール先生から聞いたんだけど、ここの兵士にスタミナポーションを配ってないらしい」

「……ぬう」

アルファードがなにかの言葉を飲み込む。おおかた「ザイード様はそこまで無能だったのか」あたりだろう。

ザイードは、スタミナポーションを通りがかりのアキンドーに売りつけ、ついでに宿屋ギルドを設立したそうだ。

うーん。ザイードが有能なのか無能なのかわからなくなってくるな。

俺が頭をひねっていると、カイルが顔を上げた。

「クラフト兄様」

ああ、カイル。次になにを言うのか、俺にはわかるぞ。

「ザイード兄様が危機に陥っている可能性があります。僕は助けに行きたいです」

真剣な瞳だった。

カイルはあれほど、ザイードに疎まれているというのに、本心からこの言葉が出る。

俺のザイードに対する気持ちなどゴミ箱に捨て、カイルの気持ちを汲んでやるべきだろう。

「わかった。俺に任せろ」

もともと湿地帯で魔物と戦争する予定だったしね。

「ただ……」

「ん？」

「マイナをどうしましょう……」

「あ」

アルファードが間抜けな声を零す。

そういえば、ジャビール先生に預ける案は伝えてなかった。

「だ、大丈夫だ。ジャビール先生に頼もう」

「あ。それは名案です。ジャビールさんなら護衛も当てられているはずですから」

カイルがほっと安堵する。

「そういえば、カイルはジャビール先生と面識があるんだったよな？」

「はい。あまり詳しい話はしていませんでしたね」

ジャビール先生の屋敷までの道中、カイルから割と重要な話を聞くことになった。

「僕の生みの親は、当時正妻だったイルミナお母様です。イルミナお母様は僕とマイナという双子を産んだことで、身体を壊し、死去しました」

カイルが顔を落とす。

ここで「お前のせいじゃない」と言うのは簡単だが、それでカイルの心が簡単に晴れるわけじゃない。俺はただ黙って続きを聞いた。

「僕とマイナが生まれつき身体が弱かったのは、兄様もご存じのとおりです。父上は国中から医者をかき集めて診察させたと聞いています」

　カイルの父であるオルトロス辺境伯といえば、この国のナンバー2と言えるほどの権力を持つ。実質的には公爵より上だろう。

　この辺はカイルと行動するようになってから勉強したので、少しは理解している。

　そのオルトロスが全権力を行使して、それでも治らなかった病気だ。そりゃあエリクサーが必要だったわけだ。

「医者の中で、もっとも信頼されていたのが、ジャビールさんです」

「そうだろう、そうだろう」

　先生が褒められ、俺が鼻を高くすると、アルファードが眉を顰めた。なんでだよ。

「当時、ジャビールさんは第二夫人だったベラお母様の専属でしたが、父上が無理をいって、治療にあたってもらったそうです」

　そこで俺は妙なことに気づく。

「あれ？　そういえば、なんでベラお母ちゃんの専属なんだ？　ジャビール先生ほどの腕なら、辺境伯付きで当たり前だろう？」

　今もザイード付きっていう、意味のわからない状況なのだ。

「それなんですが、もともとベラお母様はデュバッテン帝国の出身なのです」

「え？　帝国の？」

　帝国って、たまにこの国と小競り合いしてるって聞いてるが……。

大きな戦争に発展しないのは外交戦略が上手くいっているのと、地理的な問題らしい。よく知らんけど。

「はい。ベラお母様は、デュバッテン帝国、公爵家の娘です。政略結婚でした」

「……」

そうか。外交戦略ってのはこれのことだったのか。そりゃしばらく戦争は減るだろう。そもそも魔物の脅威があるなか、戦争とかやってんなよって話だが。

「輿入れは、かなり特殊な事情から、この国に来るのはベラお母様と、もう一人だけと制限されたのです」

そりゃひどいな。王国の思惑か、帝国の思惑かわからんけど。

「いえ。もっと物理的な問題です」

「物理的?」

「……すいません。これは……」

言いよどむカイル。

「言えないことなんだな。そこは気にせず先を教えてくれ」

「はい。ありがとうございます。……それで、ベラお母様と一緒に来たのが、ジャビールさんなんですよ」

話の流れ的に、そうなるわな。

俺は、頭で整理する。

「つまり、ジャビール先生はベラお母ちゃんのお付きであり、オルトロス辺境伯として直接命令できる立場じゃなかった。そこを頼み込んで、ジャビール先生に治療を任せた……で合ってるか？」

「はい」

なるほど。その後に大きくなったザイードに、ジャビール先生をつけたってわけか。そしてオルトロス父ちゃんはそれを飲むしかなかった。

「なんだ。オルトロス父ちゃん、いいやつじゃん」

「もちろんですよ！」

そういや、カイルがオルトロスに対して文句を言ってることは一度もなかったわ。

「その後、ジャビールさんは、マイナの病気を完治させました」

「そういや、マイナは辺境開拓に来る少し前に、病気が治ったんだったな」

「はい。僕も症状を緩和させる頓服薬をいただいていたので、開拓の責任者となれたのです」

「なるほどな」

マイナの病気が治り、カイルの症状が緩和される薬がジャビール先生によって完成する。

その直後に二人を開拓地に送り込むとは、ザイードの野郎、貴族らしいじゃねぇか！

あ、送ろうとしたのはカイルだけで、マイナは預かろうとしたんだっけ？

俺が内心で憤慨していると、話題の中心人物であるジャビール邸が見えてきた。

玄関先に近づこうとすると、近くから先生の声が聞こえてくる。

「――じゃから無理なのじゃ！」

「はっはっは！　お前は相変わらず慎重だなぁ！」

「ヴァン殿が、いつもむちゃくちゃなだけなのじゃ！」

薬草あふれる錬金術師の庭で、ジャビール先生と見知らぬ男が言い合っているのが見えた。

赤茶の短髪が無造作に掻き上げられ、よく鍛えられた胸筋が、はだけた襟元から覗く男性である。

年の頃は三十後半といったところか。

豪放な笑い声を周囲に響かせていた。

海賊の船長とも、貴族のカブキ者ともとれない、派手だが仕立ての良い服装をしている。

一般人が着ていたら浮くこと間違いないが、このおっさんには妙にフィットしていた。

……間違っても知り合いの錬金術師とかじゃないな。

男に紋章があるかを確認しようと、彼の左手に視線をやるが、貴族や豪商がよくやるように、飾りの多い手袋をはめていて、紋章の有無をわからないようにしている。

貴族……かな？

それにしちゃ、なんというか、豪放磊落すぎるだろ。

第一印象だが、俺の勘が間違ってないと確信できるほどに、男の快活さは堂に入っていた。

「先生の知り合い……だよな？　レイドックやカイルとは別のタイプのイケメンだな」

あれはモテるタイプのおっさんだ！　俺にはわかる！

「クラフトさん、あいつ射貫いていいっすよね？」

「ジタロー!?　どっから出てきた！」

気持ちはわかるけど、ハウス！　ジタロー！

なーんか、いろいろと面倒な予感がするね！

▼弟の成長は、涙しちゃうよなって話

先生と大男はお話し中のようだが、こちらも緊急性が高いので、申し訳ないと思いつつ声をかける。

「ジャビール先生！　クラフトですが……、お忙しいですか？」

先生がこちらに振り向くより先に、偉丈夫の口が開く。

「なんだ？　用件次第で忙しくも暇にもなるぞ？」

「いや、あんたには聞いてないから」

先生に呼びかけたのに、応えたのは赤毛の偉丈夫である。

いや、お前誰だよ。

振り返った先生が、俺とカイルに気がつき、表情を明るくする。

「おお。クラフトか！　それにカイル様まで！　ようこそいらっしゃったのじゃ！」

ジャビール先生が、逃げるようにこちらに走ってくる。そんなに慌てるとコケますよ。

あ、転んだ。

俺が慌てて駆け寄ろうとするが、それより早く赤毛の偉丈夫が、ひょいと先生を抱え起こし笑い出す。

「わはは！　貴様は相変わらずドジだな！」

「う！　うるさいのじゃ！」

腹を抱えて笑う偉丈夫と、顔を真っ赤にして怒る先生。

うん。なんか気に食わん。

ジャビール先生は埃を払ってから、カイルの正面に立ち、優雅に礼をする。

「お久しぶりなのじゃ、カイル様」

「はい。お久しぶりです。クラフトさんを通じて、いろいろとお話を聞いております。お元気そうで安心しました」

「こちらこそ、カイル様のご病気一つ治せぬ、非才の身なれど、ここに完治お祝い申しますのじゃ」

「とんでもありません。ジャビールさんの尽力がなければ、僕はとっくに天へと召されていたでしょう。改めてお礼申し上げます」

「もったいないお言葉なのじゃ……」

おお！　なんという美しい光景！

ペルシアがいたら号泣してたかもしれん！

「ほう、お前はカイルか……でかくなったな」

その感動的な光景に、割り込む不粋があったよ！

おっさん！　あんただ！

しかもカイルに対して馴れ馴れしい！

「あの……申し訳ありません。面識がありましたでしょうか？」

おっさんがカイルの頭に手を伸ばした瞬間、抜き身の刀身がそれを遮った。

「貴様！　何者だ……なに⁉」

瞬速で剣を抜いたのは、もちろんアルファードである。俺にはまるで見えなかったけどな！

カイルとおっさんの間に、割って立ち、切っ先をおっさんに向けた。

向けたはずだった。

「え？」

「へ？」

そこにいるはずのおっさんの姿が消えていたのだ。

瞬動とかいうレベルじゃない。マジで、存在ごと消えた。

いや、正確にはそう見えていた。

「あ」

「わははは！　でかくなったな！」

「バカな⁉」

おっさんは、カイルの背後にいつの間にか回り込んでいて、彼の頭をぐしゃぐしゃと乱暴に撫で回していたのだ。

俺だけでなく、アルファードも、ジタローも、リーファンも、戦慄に身を震わせる。

レイドックを討伐隊の本隊に置いてきたのは失敗だった！

このおっさん、間違いなくレイドックレベルだぞ!?

この場にいる、カイルの関係者全員が、同時に武器を抜き放った。

「貴様！　カイル様から離れろ！」

「てめぇ！　俺のカイルから手を離さないと、溶かし尽くすぞ！」

「だめ……二人の距離が近すぎる……！」

緊張が怒濤のごとく走る中、当のおっさんだけがのんびりしていた。

「あー、なんもしないっての。久しぶりなんで懐かしくてな」

「あの……僕のことを知ってるんですか？」

知り合い……？

「おう。お前がちんまいときだから、覚えちゃいないだろうがな。ジャビール！　なんとかしろ！」

ザンバラ赤毛のおっさんが、困った様子で頭の後ろを掻きながら、ジャビールに助けを求める。

「あー！　まったく！　まったくもうなのじゃ！　カイル様！　クラフト！　それに護衛たちよ！　この方は安全なのじゃ！　武器を納めるのじゃ！」

尊敬する先生の言葉だが、さすがにそれは……。

「先生、こいつ、何者なんですか？」

「あー、このお方はのう……」

言いよどむ先生の言葉を遮って、おっさんが吠えた。

「俺の名前はヴァン！　冒険者のヴァン・ヴァインだ！」

冒険者？　実力的にも、見た目にも、納得のいく答えではある。

あるのだが……。

「冒険者……ですか？」

「おう！　そうだ！」

でも、胡散臭ぇぇぇぇぇぇぇぇ！

カイルも困惑顔だ。

「あの、冒険者の方が、僕を知っているのですか？」

すると赤毛のおっさんは、不敵な笑みを浮かべる。

「おう！　オルトロス辺境伯の護衛をしてやったこともあるぞ！　……うん、そうだ。今はジャビールの護衛をやってる。そうだな⁉　ジャビール！」

「う……うむ。そ、そうなのじゃ」

なんか先生がすっごい表情を歪めているー！

それ、絶対思いつきだろ！

「あの、先生。困ってるなら、全力でこのおっさんを排除しますが？」

一人じゃ無理だが、アルファードもリーファンもジタローもいるのだ。力を合わせればなんとかなるだろう。

「排除⁉　い！　いかん！　絶対手を出してはならんのじゃ、クラフト！」

「へ？　先生がそれでいいなら……」

「うむ！　よいか⁉　カイル様も絶対に攻撃を命令してはならんからの⁉」

「は、はい」

敵意は感じないけど、本当に大丈夫なのか？

でも、先生がここまで必死だからなぁ。

アルファードの表情も渋い。

「ジャビール殿。本当に、その御仁は安全なのだろうか？」

「うむ。それは保証するのじゃ」

なんか事情がありそうだから、これ以上ツッコむのはやめておこう。

「カイル。それでいいのか？」

「そ、そうですね。大丈夫そうですし……」

さっきからこのおっさん、ずっとカイルの頭をわしゃわしゃしてるからな。

敵意があるなら、とっくに殺してるだろう。

「それで、お前たちは兵を引き連れているようだが、とうとうザイードを討伐しに来たのか？」

「違いますよ⁉」

めずらしくカイルが慌てている。

さっきからおっさんに、ずっとペースを握られっぱなしだ。

「僕たちは、湿地帯の魔物を殲滅するために来たのです。それでザイードお兄様へ報告をしに来たのですが、その、湿地帯に向かったと聞きまして」

やっと本題に戻ったな！

カイルの言葉に、ジャビール先生は眉をひそめる。

「うむ。なかなか戻らんので心配しておったところだったのじゃ」

「あの、ザイードお兄様の戦力は……大丈夫なのでしょうか？」

先生が平らな胸の前で腕を組む。

「正直……厳しいじゃろうな」

「やはり……！　クラフト兄様！　全戦力で救出に向かいます！」

俺は頷こうとしたが、それよりはやく、ヴァンが面白そうに口を挟む。

「救出？　放っておけばいいだろう？　カイル、貴様にとってザイードは邪魔なだけだろう？　辺境伯の後継順位も上がるだろうに」

こいつ……。

見た目や実力から冒険者なのは間違いなさそうだが、元貴族とか言われても不思議じゃないな。事情に詳しすぎる。

「ヴァンさん。誤解があるようなので、断言しておきます。僕は父上……辺境伯のあとを継ぐ気はありません。父上からも、あとを継ぐのはフラッテンお兄様か、ザイードお兄様だとはっきりと伝えられています。ですので地位を目当てに家族を見捨てるようなことはありません」

毅然(きぜん)たる態度で明言するカイル。

ああ、お前はそういうやつだよな。ペルシアがいたら号泣しそうなほど立派な態度だぞ！

……このことを報告したら、あのポンコツは面倒くさそう。

カイルの言葉に、ヴァンのおっさんが、激しく笑い出した。

このやろう。ぶん殴るぞ。

ヴァンのおっさんが、心底楽しそうに笑いながら、カイルの肩をばしばしと叩きまくった。

あんたはさっきからカイルに馴れ馴れしすぎるだろ！

「わははははは！　気に入った！　気に入ったぞカイル！　うんそうか。オルトロスのあとを継ぐ気はないか！　よし！　ならば、見事ザイードを救出してみせよ！」

上機嫌なヴァンに、ジャビール先生が困惑気味に口を挟む。

「へいか……ごほん！　ヴァン殿。まだザイード様が窮地と決まったわけではないのじゃが」

するとヴァンは冷めた目を先生に向けた。

ぶん殴ってやろうかしら。

「はん！　先ほど冒険者ギルドで湿地帯の資料を見せてもらったが、やつの私兵でどうにかなるわけがない！　ザイードが現地に到着して、殲滅など夢のまた夢だと理解したのなら、とっくに村へ戻ってきているはずだ！」

先生の意見を真っ向から否定するヴァンはむかつくが、まったくもってそのとおりだろう。

カイルも口にはしないが、同じ結論だからこそ、救助を急いでいるのだ。

「つまり、ザイードはその判別ができず、湿地帯の奥へと突っ込んでいって、全滅してるか、逃げ隠れしてるのは明白！　反論はあるか？　ジャビール」

先生は力なく首を横に振るだけだ。先生だってそんなことは重々承知なのだろう。

カイルは改めて表情を引き締め、ジャビール先生に顔を向ける。

「やはり、救出を急がなければなりませんね。ジャビールさん。お願いがあるのです」

「なんなのじゃ？」

「これから湿地帯に向かう間、妹のマイナを預かって欲しいのです。本来なら、ザイードお兄様に預けるつもりでしたが、その兄がいないとは思わなかったもので……」

「ふーむ。カイル様が湿地帯に向かうのならば、同席させてもらおうと思ってたのじゃが……」

「え？　ジャビールさんがですか？」

カイルだけでなく、俺も驚く。なので、つい口を出してしまった。

「先生？　今から向かう場所は魔物との戦場ですよ？」

するとジャビール先生は苦い表情になる。

「うむ。私は戦闘の役にはあまりたたんから、現地に行くつもりはなかったのじゃが、クラフトたちの戦力であれば、私が加わっても一緒に守ってくれると思ったのじゃ」

先生が一緒に⁉　そんなの１００人力じゃないか！

名医で、優秀な錬金術師なんだぞ！

護衛戦力を割いてでも連れて行くべきだ！

「俺が絶対に先生を守り抜きます！」

「お……おうなのじゃ……」

思わず勢いで言ってしまったが、そうなると問題が発生することに気がつく。

ヴァンのおっさんもすぐに気づいたのだろう、俺に向かって手をぞんざいに振った。

「まぁまて。腰の重いジャビールが行く気になってるのは朗報だ。もっとも嫌でも連れて行くんだがな。しかし、そうなるとマイナを村に残していくほうが不安だ」

この野郎！　ジャビール先生を無理矢理連れて行くつもりか⁉

いや違う。先生が来たがっているんだった。

なんかこんがらがってきたぞ。

どうやらこのおっさん、何かを知っていそうなので、俺は顎で続きを促す。

ヴァンは頷いたが、なぜか先生が顔を青くした。

「ここだけの話だが、今、この村の護衛戦力はまったく足りていない。柵も木製だったろう。籠城にも向かん」

言われて気づく。

ザイードの私兵が全ていないのだから、村の防衛戦力は皆無だろう。

この村を拠点にする冒険者も少ない。ザイード村の冒険者ギルドを使う大半の冒険者は、ゴールデンドーンの冒険者で、湿地帯の貴重素材を採取しにいくパーティーが立ち寄る程度なのだ。

それを聞いて、カイルが目を丸くする。

「え？　それではこの村の防衛はどうなっているのですか？」

「少数の物好きな冒険者を雇っているようだが、治安維持以上の戦力にはならんな」

おいおい……それってかなりの大問題じゃ……。

「それは……ならば、湿地討伐隊の戦力を割いて、この村に残し……」

「「だめだ」」

カイルの次善策を、俺とヴァンがバッサリと切る。

ハモっちゃったよ。

俺にしても、ヴァンにしても、魔物との戦闘を少しでも知る人間にとっては、当然の答えだ。

俺はカイルに理解できるよう、現状を伝える。

「カイル……。今、俺たちができる最善は、一日でも早く、ザイードの部隊を救出し、この村に戻ることだ。湿地帯攻略は、落ち着いてから再挑戦すればいい」

「しかし、その間、この村は無防備ということに……」

カイルの気持ちはわかる。

だが、いくら余裕のある部隊編成といえど、分散するのは愚の骨頂なのだ。

この村に戦力は残せない。

「アキンドーの商隊がかなりの数、この村に滞在してる。やつの商隊の護衛は、ゴールデンドーンの冒険者が多い。スタンピードでも起きなきゃ、数日程度なら、どうとでもなる」

「あ、たしかに」

カイルから少しは不安が消えたようだ。

村人を守りたい気持ちはわかるが、それをやらなきゃならないのはザイードの仕事だ。カイルが考えることではない。

口にはしないが。

「しかし、そうなるとマイナは……」

アルファードが苦渋する。

「連れて行くしか、ないでしょうな」

「わかりました。僕につく予定だった護衛戦力の一部をマイナに当てましょう。僕の直衛は減りますが――」

そこでスパっとヴァンが割り込む。

「よし！　このヴァン様がお前を守ってやろう！」

「――ふぁっ!?」

この赤毛！　思いっきりカイルの言葉を遮りやがった！

変な声になったカイルもかわいいな！

「ヴァン殿!?　それは……！」

今度はジャビール先生が慌てだす。

「たった今、そこなクラフトも申していたではないか。戦力不足のこの村で何日も待つより、よっぽどこいつらと一緒に行動したほうが安心だろうが！」

「り、理屈はわかるのじゃよ!?　しかし！」

ジャビール先生のすがるような言葉を無視して、ヴァンがカイルの肩をばしばしと叩いた。

「このヴァン様が貴様を護衛してやる！　なに！　最悪抱えて逃げ切ってみせるとも！　そこの護衛！　アルファードと言ったか？　この俺の実力では不服か？」

「いや……実力は……おそらく……」

口よどむアルファードだが、心配してるのは実力じゃないんだよ！

おそらくそれも理解したうえで、ヴァンは平気で話を進める。

「そうだろう、そうだろう！　カイルの護衛戦力の半数を、マイナの護衛につけろ。それでバランスは取れる！」

「しかし……」

むちゃくちゃだが、筋は通ってるんだよな。

いや……、冷静に考えると、これ以上はないってくらい、最善策なのでは？

こいつ……一見脳筋だが、オツムもかなりいいぞ？

俺はヴァンのアイディアを検討すべく、アルファードに目配せする。

(アルファード、妙案だと思うんだが)

(たしかに……、だが、このヴァンという男、本当に信用していいのか？)

なら、思い切って聞いてみりゃいい。

「なあ、ヴァンのおっさん」

俺がおっさんに呼びかけると、なぜか、ジャビール先生が「こんのバカ弟子がぁあああ！」と叫んだが、すみません。今は無視させていただきます。

あとで正座するのを覚悟して、ヴァンを睨みつける。

「あんた。本当に信用……いや、カイルを守ると誓うんだな？」

するとヴァンは、それまでの不敵な笑みを消し、こちらに身体ごと向き直る。

「このヴァン・ヴァイン。己の命を天秤に乗せ、この剣にてカイルを守り抜くと誓おう」

ヴァンは淀みない動作で剣を抜くと、胸の前に、立てるよう構えた。それを見たアルファードが「なに？」っと声を漏らす。

アルファードとヴァンがしばらく無言で見つめあう。

「……わかった。カイル様を任せる」

「いいのか？」

「あれは誓いだ。まねごとでできるとは思わない。クラフト、貴様にはマイナ様の護衛を任せる。キャスパー三姉妹もつける」

「わかった。任せろ」

アルファードにどんな心変わりがあったのかわからないが、どうやらヴァンを信用したらしい。なら俺が言うことはない。

もともと、カイルの護衛は、俺とアルファード、カイルの私兵、キャスパー三姉妹の予定だった。

ただ、アルファードは全体指揮もあり、実質の直衛は俺になっていた。これには他の理由もあるが今はいい。

「原則として、マイナ様はカイル様と一緒にいてもらう。万が一のときだけ、クラフトはキャスパー三姉妹と共に、マイナ様を死守しろ」

「わかった」

俺とアルファードがカイルに許可を求めると、カイルはマイナに向き直った。

「マイナ。これから戦場に出ることになってしまったけど、大丈夫かい？　もし怖かったら……」

そこでカイルは言葉を区切り、つばを飲み込む。

「ザイードお兄様は諦めて、マイナと一緒にゴールデンドーンに帰るよ」

その言葉を絞り出すのに、どれだけ勇気が必要だっただろうか。

カイルがなにより妹を優先する決意を見せたが、マイナはふるふると首を横に振った。

「だい……じょぶ。クラフト……兄様……一緒、いる……から」

「そうか……うん。そうだね。クラフト兄様と一緒だものね」

ぱぁんと、ヴァンが手を打ち鳴らす。

「よし！　決まりだ！　ジャビール！　貴様もカイルのついでに守ってやるから離れるなよ！」

「ああああ……私はどうしたらいいのじゃぁああ！」

「貴様、相変わらず、慎重すぎるな。よしカイル！　出立の号令を出せ！」

「は、はい！」

俺たちは、討伐隊本体まで戻り、全員を集める。

事情を知らないレイドックが、カイルの横に立つヴァンを、いぶかしげに眺めていたが、事態は一刻を争う。

カイルは声高らかに宣言した。

「これより湿地討伐隊は、目的を変更！　ザイードお兄様とその同行者の救出になります！　全軍、出立！」

「「「おおおおおお！！！」」」

疑問もたくさんあるだろうが、討伐隊は全員大きな声で答える。

そう、この戦、カイルの初陣なのだ。

カイルの初陣を飾るべく、兵士も冒険者も士気は高い。

実力者揃いである。

油断しなければ、ヒュドラごときに負ける陣営ではない。

俺はマイナと一緒にブラックドラゴン号の背をまたぐ。

マイナが緊張しているのに気がついたのか、ジタローがポニーのスーパージェット号に乗りながら、横に来る。

このポニー。伝説品質のスタミナポーションで育てられているため、そこらの軍馬より強いのだが、なぜか見た目が変わらない。

どこにでもいる、おとなしいまだら模様のポニーにしか見えない。

かわいいから、細かいことはどうでもいいな。

スーパージェット号ののんきな顔を見て、マイナがほわっと表情を緩める。

「マイナ様！　大丈夫っすよ！　討伐隊はドラゴン戦を経験し、コカトリス戦を乗り越えた冒険者だけでなく、アルファード兄さんの地獄特訓を乗り越えた選抜兵士たちなんすよ!?　どんな敵が来ても、楽勝っすよ！　楽勝！」

マイナはこくりと頷いていたが……。

うおおおおおおい！　ジタロー!?

なんかそれ、フラグじゃね!?　フラグじゃね!?

急に不安になってきたじゃねーか！　ちくしょう！

こうして俺たちは、ジャビール先生と、謎の冒険者ヴァンを加えて、湿地帯へと、全力で向かうのだった。

▼初陣は、緊張するよなって話

湿地討伐隊は、ジャビール先生と謎の冒険者ヴァン・ヴァインを加えて目的地へと歩みを進めた。

本来は村で一泊の予定であったが、ザイードのアホが兵隊を引き連れて危険地帯に突っ込んで行ってしまったので、少しでも早く救出するため、日暮れギリギリまで湿地帯へと近づくことになった。

野営地を決め、俺が〝空間収納〟からテントなどを取り出す。

最後にカイルとマイナ用の宿泊馬車を設置していると、全体指揮を終えたカイルたちがこちらにやってきたので軽く手を振る。

「よう、お疲れさん」

「僕は見て歩いていただけで、何もしてませんよ」

「それが責任者の仕事だからな。お疲れさん」

カイルと一緒にいるのは、マイナと護衛のアルファード。ジャビール先生。それとヴァンだ。

うーん。先生がカイルと一緒に行動するとは意外だったな。

知り合いのようだから積もる話でもあったのだろうかとも思ったが、どうも先生の視線はヴァンにばかり向いている気がする。

なんかこう、もやっとする。

理由は不明だけど。

カイルがあたりを見渡す。

湿地帯までは俺たちの速度であと一時間くらいの位置だろう。

「考えようによっては、この位置での野営は逆に良かったかもしれませんね」

俺もその意見には賛成だ。

「ああ、日の出と共に起きて、朝食と撤収に一時間。湿地帯までの移動を一時間と考えると、現地で活動できる時間が大きく取れる。狙ったわけじゃないが、ベストだと思うぞ」

「ザイードお兄様のことは心配ですが、夜に活動するわけにはいきませんからね」

「ああ」

いろいろ思うところはあるのだろうが、カイルは冷静に判断している。

やはりカイルは芯が強いんだな。

俺がカイルを誇らしく思っていると、シリアスを壊すように、ヴァンがあきれ顔で割り込んできやがった。

「まてまてまて、お前らおかしくないか⁉」

「ヴァンさん？　なにがでしょう？」

カイルがキョトンとして、ヴァンを見つめる。

「全部だ全部！　まず昼すぎに村を出たのに、日暮れまでにここまで移動して来たっておかしいだろ⁉」

　かさばる荷物は全部空間収納で運んでるんだから、そんなに変じゃないだろ？

「この湿地討伐隊は、厳選したメンバーですから」

　カイルがにこやかに答えるが、ヴァンは激しく首を横に振った。

「この世界は不公平にできてる。強いやつはどこまでも強くなれる。そこにいるアルファードや、先ほどちらっと見た、レイドックとかいう青髪の冒険者ならわかる」

「レイドックたちだけならもっと早えーよ」

「茶化すな錬金術師！　俺が言いたいのは！　これだけの軍勢なんだぞ⁉　リザードマン隊なんて種族の違う部隊まで混じった！　なんでそれでこんなおっそろしい行軍速度なんだってことを言っている！」

「そりゃー、行軍訓練もしたからなぁ」

「そういう次元の問題じゃないだろ⁉」

　うーん。ゴールデンドーンで冒険者をやってたなら常識の範疇（はんちゅう）なんだが。やはりヴァンは別の地域の冒険者なのか。

　その割に、支給した伝説品質のスタミナポーションは飲み慣れている感じだったんだよなあ。

　どうにも正体が掴みきれない。

　ヴァンの野郎が、腕を組んで考え込んでいる。

「なるほど。カイルと錬金術師か……」

なにがなるほどなんだか。

「おっさん。眠らずにカイルを守れよ」

「寝るわ！」

冗談のわからんやつめ。

カイルとマイナの馬車を中心に、重要人物の寝床を集めた。俺を含めた主力陣が護衛してるので、実際には交代で睡眠は十分取れる。

カイルとマイナと先生以外、全員が戦闘メンバーだからな。

なにげにリーファンも強いし。

「さて、明日はどうなんのかね？」

俺はつぶやきながら、毛布に潜り込んだ。

◆　◆　◆

広大なる湿地帯。

本来なら、人類が踏み込むには危険すぎる地。

しかし、ゴールデンドーンの冒険者たちにとって、ここは稼ぎ場になっている。

ゴールデンドーンからは離れているが、ヒュドラの魔石は品質が良いし、薬草類も高値の物が多いので、遠征にくる冒険者は多い。

だが、それは湿地帯外周の話だったりする。

俺とジタロー。それにリーファンの三人で軽い偵察に来ていた。

ジタローがあたりを見回す。

「クラフトさん、この湿地帯ってどんくらい広いんですかい？」

「冒険者に調査してもらったんだが、予想よりかなりでかい」

「ゴールデンドーンで建設中の外壁よりですかい？」

ゴールデンドーンで予定されている市壁は、大きく三段階にわかれる。

一番内側の壁は、建設予定の砦を囲うものだが、こちらの建設は最後だ。

記憶に新しい、コカトリス襲撃時、壁が未完成だので騒いでいたのが、現在の街を守る市壁である。

現状でもとてつもなく広い街なのだが、その数倍の規模を包み込む範囲でさらに壁を建設中なのだ。

こいつが完成すると、王都数個が収まる広さってんだからとんでもない。

ジタローが言っているのは、このアホみたいな広さの外壁を指している。

だが、さすがに湿地帯はもっと広い。

「いや、比べものにならんくらい、湿地帯のほうがでかいよ」

いくらゴールデンドーンの最終面積が広いといえど、湿地帯がその程度の広さなら、こんな兵力は必要ない。

すると、リーファンが俺たちの横に立つ。

「えっとね、ジタローさん。今見えてる、浅瀬にところどころ草が茂る範囲が、湿地帯の外周エリアだよ。ほとんどの冒険者はこのエリアでヒュドラ狩りや薬草集めをしてるの」

「おいらたちが昔、薬草を探したのも外周エリアになるんですかい？　結構奥まで進んだっすよね？」

「ギリギリ外周エリアかな？　その奥が、調査で判明してる中層エリアだよ」

俺は冒険者の報告書を読んでいるので知っているが、かなりやっかいなエリアだ。

俺はリーファンの言葉を引き継ぐ。

「どうやら、中層エリアまでいくと、植生が変わるらしい」

奥にうっすら見えていた緑は、てっきり湿地帯を越えた反対側にある森だと思っていたのだが違った。

湿地帯の端だと思っていた場所が、そこからが本番、中心地帯だったのだ。

広すぎるだろ！

植生が違う……つまり、生えてる植物の種類が、周囲の森と全然違うのだ。

どうやらマングローブ、ガジュマルといった根の細かく枝分かれした植物が増えていくらしい。

ヒュドラがたっぷり徘徊する外周エリアを突っ切って、奥まで行くなんて発想がなかったからな。

だが今回は……。

俺は偵察を終えるとカイルたちの下へ戻る。

「見える範囲にザイードの部隊はいないようだが。さてカイル、どうする？」

「まずはこの周辺の安全を確保して、痕跡を探しましょう」

あんな兄でもザイードが心配なのだろう。カイルの表情が硬い。

だから俺はできるだけ軽い口調で、口角を持ち上げた。

「了解だ。司令官」

「ちょ……クラフト兄様、恥ずかしいですよ」

「冗談だって」

わざとらしくカイルの頭をぐりぐりしてやると、カイルから緊張が消えていくのがわかる。

「……ん」

「マイナ？」

カイルの後ろにいたマイナが、こちらに寄ってきて頭を突き出してきた。

同じように頭をぐりぐりしてやると、満足そうに俺のマントにしがみついてくる。

あの、今は動きにくいです……。

一連の流れを、ヴァンが半目で眺めていた。

「お前ら、いつもこんなゆるゆるなのか？」

「緊張してるよりいいだろ？」

「まぁ……そうだが……」

ヴァンが納得いかな気に首をひねって腕を組んでいたが、無視だ無視。

準備の完了したアルファードがカイルに向かって敬礼した。

「カイル様！　全軍準備完了いたしました！　ご命令を！」

どうやらシリアスタイムに戻ったらしい。

「わかりました」

決意の表情で、カイルが片手を大きく振った。

「それではレイドックさん率いる冒険者部隊が突撃。続いてジュララさんの率いるリザードマン部隊を投入してください！」

これが、カイルの初陣である。

ペルシアがいたら号泣してただろうな。報告したくねー。

アルファードが恭しく敬礼で返す。

「はっ！　了解しました！」

アルファードのやつ、必死でこらえてるけど、お前も感動で泣き出しそうじゃね？

そんな心の声が聞こえてしまったのか、アルファードがこちらを睨む。

「クラフト！　ここからはお前の出番だ！　両部隊に連絡せよ！」

「了解だ！」

どうやら怒られるわけではなかったらしい。

さて、何度か言いかけた、俺がカイルと一緒にいなければならない理由。

それは……。

「カイル。レイドックとシュルルに連絡するぞ？」

「はい！」

ようは連絡員だからだ。

通信の魔導具を使った、伝令いらずの連絡員。カイルの指示を即時直接伝えられる。

うーん。便利。

俺は通信の魔導具である指輪に魔力を流し込み、レイドックとシュルルに精神感応を開始する。

ジュララは魔導具を持っていないため、シュルルが同行している。

はじめは危険なので別の連絡手段を考えていたのだが「クラフト様にいいところを見せるチャンスです！」と意気込んだシュルルに強行された。

ジュララはこの一ヶ月、スタミナポーションをがぶ飲みして、厳しい訓練をこなしたおかげか、自信満々で「自分の妹くらい守ってみせる」と豪語している。

もともとリザードマンという種族が戦いに向いているのか、ここ一ヶ月で彼らはとてつもない戦士集団となっているので、大丈夫だろう。たぶん。

まずはシュルルから。

「シュルル、聞こえるか？」

『はい！　クラフト様！』

シュルルの声だけでなく、彼女の見ている風景も、ぼんやりと感じ取ることができているので、精神感応は問題ない。

ジュララが緊張した表情で（たぶん）シュルルをのぞき込んでいるのが、なんか面白い。

「レイドックたち冒険者が突っ込んだあと、お前たちリザードマンの部隊に出て欲しい」

『任せて！』

『言葉遣い！』

シュルルの声だけでなく、彼女をしかるジュララの声も聞こえてきた。

「シュルルたちの任務は、レイドックたちが討ち漏らした敵の掃討と、生存者の捜索だ。できるか？」

『もちろんです！』

『おい！　クラフトはなんと言っているのだ⁉　ちゃんと伝えないか！』

『クラフト様！　見事お仕事が終わったら、ぜひご褒美を！　お情けをー！』

『馬鹿か⁉　この一戦、恩義を返すための戦いだぞ⁉　それに報酬を求めてどうするか⁉　クラフト！　俺の声は聞こえているか⁉　我らは報酬など求めん！　この馬鹿妹は無視して――――！』

その後しばらくシュルルのお願いと、ジュララの叱咤が入れ替わりで聞こえてきた。

うん。大丈夫そうだな。

俺はそっとシュルルとの精神感応を切り、レイドックに繋げた。

『よう、遅かったな』

レイドックがにやりと笑う顔が目に浮かぶぜ。

今、やつの視界で見えるのは、ソラルだけどな。仲のいいことで。

「先陣だ。いけるな？」

『聞くことか？』

「それもそうだな」

俺の口元に、自然と笑みが浮かぶ。

「レイドック。お前の部隊の役目は殲滅だ。ザイード村方面の外周エリアを全て殲滅だ。捜索はジュララに任せた」

『ひゅう！　久々に暴れられそうだな！』

「おう！　飛ばしすぎてバテたら笑ってやるからな」

『ゴールデンドーンに来たての冒険者じゃあるまいし』

お互いに小さく笑う。

スタミナポーションは疲労しなくなるとんでもない薬だが、肉体限度を超えた動きをすると、さすがに疲労も出る。

伝説品質のスタミナポーションを初めて飲んだ冒険者が、調子にのって普段使う以上の技を連発し、依頼を失敗するというのは、ゴールデンドーンではあるあるネタの一つとなっている。

「んじゃ、頼むわ」

『了解だ！』

今か今かと出番を待っていた冒険者集団が、レイドックが剣を掲げたのを確認し、一気にテンションを上げる。

「いくぞぉぉおおおおおお！！！！」

「「「おおおおおおおおお！！！！」」」

ドラゴン討伐とコカトリス防衛戦を経験し、その後何度か起きたスタンピードのことごとくを乗り越えた、驚天動地の冒険者部隊が、湿地帯へと突っ込んでいった。

最強部隊は、頼りになるよなって話

「いくぞぉぉおおおおおお！！！！」

「「「おおおおおおお！！！！」」」

まずは、斬り込み隊長であるレイドックを中心に組まれた、最大戦力の冒険者部隊が突貫していく。

浅瀬でしぶきをまき散らしながら、猛スピードで突っ込んでいく様は壮観だ。

すぐに自分たちのテリトリーに踏み入られたことに気づいた、ヒュドラたちが怒り狂って冒険者集団に殺到する。

ヒュドラは強くなればなるほど、首が増えていく謎の魔物だ。

牛の数倍はあるだろう、三つ首、四つ首のヒュドラが山津波のように襲い掛かってくる光景は、心臓に悪い。

普通に考えたら、この規模の魔物の波に飲み込まれれば、草木の一本も残らないだろう。

だが。

「おいおいおいおい……」

つぶやいたのは、ヴァン・ヴァインだ。

ヴァンは目の前の光景が信じられないと、口をぽかんと開けて眺めていた。

「〝岩斬崩撃〟！」

「〝飛翔連撃〟！」

「〝身突轟弾〟！」

「〝豪腕豪打〟！」

「〝真空飛翔斬〟！」

「〝業炎緋槍〟！」

「〝空爆烈〟！」

「〝氷槍〟！」

「〝灼熱炎柱〟！」

レイドックを筆頭とした冒険者たちが、慌てずに剣技や魔法を放ち、ヒュドラの津波を正面から叩き潰した。

「……は？」

ヴァンのやつ、完全に目が点だ。

うーん。やっぱりゴールデンドーンの冒険者じゃないんだなぁ。

震える指を、冒険者たちに向ける。

「クラフト。あいつら全員紋章持ちなのか？」

「選抜隊だから紋章持ちは多いが、全員じゃないぞ」

レイドックのパーティーですら、全員が紋章を持っているわけではない。参加している冒険者は実力者揃いなので、紋章率は高いが、半分もいないだろう。

むしろ半分も紋章持ちだったら驚く。

「いやいやいや。残らず剣技か魔法を放ってるではないか⁉」

「紋章がなくても、訓練である程度は身につけられるのは知ってるだろ？」

「理屈はわかるが……紋章がない人間が技や魔法を覚えるとなると、過酷な訓練を長時間しなければならないだろう⁉」

こんなことを言い出すってことは、ヴァンは紋章持ちだな。しかも戦闘でスタミナポーションを活用してないとみた。

するとそばにいたジャビール先生が頭を横に振りつつ、会話に入ってくる。

「へいか……ごほん！　ヴァン殿。じゃから何度も、このスタミナポーションは別格じゃと説明したのじゃ」

「あれか。訓練に伝説スタミナポーションを取り入れたら、戦力が一〇倍になるという……話半分程度にしか聞いてなかったぞ」

「結構な量を献上したのじゃが……」

「ああ。めちゃめちゃ良く効く栄養剤扱いをしていた、ジャビール」

「ヴァン殿はその使い方で問題ないのじゃが、配下……ごほん！　仲間の冒険者などに使ってもらわなかったんかの？」

「それが面倒だから、こっちまで実態調査に来たと言っただろう」

「ぐ……へい……ヴァン殿はもう少し自分の立場というものをじゃの――」

ヴァンの紋章を隠す手袋と、先生との会話から、貴族なんだろうなとは察しがつく。

辺境伯のことも呼び捨てだったし、カイルのことも知っているようだったことから、ヴァンもかなり地位の高い貴族かもしれない。

もっとも、自称冒険者なので、忖度（気をつかって）してやる必要はないだろう。

ヴァンはしばらく先生に説教を受けていたようだが、片手を振って話題を切り替えた。

「それにしても、強すぎだろ！　あいつら！」

レイドックパーティーを指していたので、俺も嬉しくなる。

あいつは、俺が目指していた冒険者像そのものだから。

「そうだろうそうだろう。ゴールデンドーンの冒険者はみんな優秀なんだぜ！」

「ああ。心の底から認める」

ヴァンが力強く頷いたので、俺も機嫌が良くなった。

二人の視線を追って、ジャビール先生も冒険者に視線を向けた。

「うーむ。話には聞いておったのじゃが、凄まじいのじゃ」

「みんな頑張って訓練してましたからね！」

今回、湿地討伐隊に参加した兵士と冒険者は、カイルの初陣だからと、普段以上に張り切っているのだ。

集団行動の苦手な冒険者たちも、レイドックがいればこそだが、それなりに組織立った動きができるまでになっている。

兵士もアルファード、デガード、タイガルの三人に徹底的に鍛えられたおかげで、全員が優秀な兵士となっていた。

今も、ヒュドラの活け作りが宙に舞い、ジタローが魔石を拾い集めている。

……いつの間に。

あいつ戦力としてはかなりのはずなんだが、冒険者グループの雑用係みたいになってんな。

迷惑かけてないならいいか。

すると、俺とキャスパー三姉妹と一緒に、マイナの護衛についているリーファンが、横に立った。

「ジタローさんは自由だね」

「まったくだな。素直に弓で援護してればいいのに」

「レイドックさんたちが凄すぎて、援護の必要がないみたいだね」

蒼い閃光がきらめくたびに、ばらばらになったヒュドラが打ち上がる様子をみながら、ヴァンが突っ込みを入れてきた。

「暴れすぎだろ⁉　あんなに技を連発してたら、五分も保たんぞ⁉」

「あー。レイドックはあれでも全力の八～九割くらいなんだよ。スタミナポーションで確実に動き続けられる限界値を、感覚で掴んでるやつなんで」

「あれで八割だと⁉　……そうかスタミナポーション……」

ヴァンのやつ、驚いたと思ったら、今度はぶつぶつと独り言を始める。

まぁ放っておこう。

「クラフト兄様」

近くで戦況を聞いていたカイルがこちらにやってくる。

「レイドックさんの部隊を二分して、中央のマングース群生地を挟むように、周囲を殲滅するよう指示をお願いします」

「わかった。リザードマン部隊も二分するか？」

「そうですね……。ではリザードマン部隊も二分します。ただ、戦闘は冒険者部隊に任せるよう伝えてください」

「了解だ」

俺はすぐさま通信の魔導具を起動し、二人にカイルの指示を伝える。

もともと予定されていた作戦なので、すぐさま行動に移ってくれた。

俺たちの会話を見ていたヴァンが、目を剥いて指を震わす。

「お前たちが付けてるその指輪……」

ヴァンが指さしているのは、精神感応オリハルコンの指輪だ。

「ん？　ああ、これがこの作戦の要になる、通信の魔導具だ。盗もうとか考えるなよ？」

「そんなことはせぬが、だったら俺の前で使うのも不用心だろうよ」

「カイルの護衛なんだから、あんたに隠してたら指示が遅れるだろ。仲間優先ってのが一番の理由だけど、さっきジャビール先生にも確認したんだよ。ヴァンなら大丈夫だとさ」

うーん。どうして先生がヴァンをここまで信用しているのかわからないが、先生が大丈夫と言うのだから、大丈夫なのだ。

「通信の魔導具……戦に投入すると、ここまで部隊が有機的に動くのか」

「あれ？　ヴァンはずいぶん素直に機能を理解してるんだな？」

「ん？　あ、ああ。オリハルコンにそのような機能があるのは知っていたからな」

あれ？　それって一般的に知られてないよな？

近くにいたジャビール先生にそっと耳打ちする。

「先生。オリハルコンがどんな金属か、一般的には知られてませんよね？」

「うむ。一般的どころか、魔術師や錬金術師ですら、まともな知識はないぞ。名前だけは有名なのじゃが」

「そうですよね。俺も名前だけは知ってました。でも、紋章の囁きを聞くまでは、なんかスゲー金属っていうくらいの認識です」

「それとて、お主が冒険者だったから知っていた程度の話なのじゃ。一般的にはほとんど知られておらんのじゃ」

「なるほど」

そこで俺は首をひねる。

「ならなんであいつ、一目でオリハルコン製って見抜いたうえに、まったく知られてない、通信の機能のことまで知ってるんです？」

「ぬぐっ⁉」

そこで先生が咳き込む。

「ごほっ！　そっ！　それはあれじゃ！　あー！　そう！　私がそんな話を昔したようなしなかったような記憶があるのじゃ……！」

「ああ！　なるほど！」

先生が教えたんならしょうがない。先生はなんでも知っているからな。

「その話はあれなのじゃ！　とりあえず置いておくのじゃ！　とにかく悪いやつではないので、もうちょい接し方をじゃの？」

先生の態度を見てると、やっぱりいいとこのボンボンっぽいなぁ。

でも、今さら敬語とか使っても遅いと思いますよ！

そのタイミングで、空に魔法を使ったのろしが上がったのが見えた。

「クラフト兄様！」

「あの色はレイドックだな！　すぐに確認する！」

即座に通信の魔導具を起動。

魔力消費が大きいので、こうやってのろしと併用することで、通信回数を抑えているのだ。

「レイドック、なにがあった⁉」

『生存者を見つけた！　瀕死だったがヒールポーションで持ち直した。ザイードの私兵の一人だ！』

▼やっぱり兄弟は、助けたいって話

レイドックからの連絡を受け、カイルの部隊が慌てて動く。当然俺も一緒だ。

移動する間、ヒュドラを警戒していたが、レイドックとリザードマンの部隊によって完全に周囲から魔物は消えている。

うーん。さすがレイドック。

湿地に入ってから、かなり奥まで来たので、徐々に足場が悪くなっていく。

マングローブ、ガジュマルなどと呼ばれるそれらの植物は、カミナリのように枝分かれした複雑に絡みあう根を持っているため、とにかく邪魔だ。

しかも湿地帯なので、大部分は水に沈んでいる。

少し奥に、それらのマングローブ林が広がっている。つまり、湿地帯の中央部分というわけだ。

当然、こんな足場の悪いところには、CランクBランク問わず、今まで誰も足を踏み入れていない。

つーか、馬鹿じゃなきゃ、こんなところには来ない。

もっとも、今回の湿地討伐隊は、この中央部分の魔物の掃討も予定されていたわけだが。

思ったより手こずりそうだな。

状況を確認しながら進んでいると、レイドックが手を振っているのを見つけた。

カイルとマイナを守りつつ、近寄ると、ボロボロの鎧を纏った兵士が、携帯食をかっ込んでいるところだった。

兵士の怪我は完治しているようで、一安心だ。

「食事中失礼します。僕はカイル・ガンダール・ベイルロードです。あなたはザイードお兄様の兵士で間違いないでしょうか？」

それまで口に食べ物を詰め込めるだけ詰め込んでいた兵士が、目を丸くして顔を上げる。

「ごぶっ⁉　ごべばびぶべえびばびば⁉」

兵士が慌てて立ち上がり、カイルに敬礼する。

うん。これでもかと頬に詰めた食べ物を吹き出さなかったのを評価する！

「ああ！　すいません！　飲み込み終わるまで待ちますから！」

「！？！！」

兵士が慌てて食べ物を飲み込み、一息つくと、びしりと身を正してカイルに敬礼し直した。

「お！　お待たせいたしました！　カイル様！」

元気そうな兵士を見て、カイルの表情も少し柔らかくなる。

「はい。さっそくですが、あなたはザイードお兄様の兵士で間違いないですか？」

「間違いありません！」

「それでは、あなたたちの軍勢がこの湿地帯に到着してからの状況を教えてください」

「はっ！　私たちはザイード様の指揮で、この湿地帯の魔物を掃討するためにやってきました！

現地に到着した私たちは、ヒュドラ狩りを始めたのですが……」

そこで兵士の顔に恐怖の色が宿る。

「つ……次々と押し寄せるヒュドラにだんだんと疲労がたまり、徐々に劣勢に。しかも、倒しても倒しても減らない魔物……いや、増えていくあの蛇頭共っ！」

安心して気が緩んでいたが、当時の光景を思い出してしまったのか、男の口調が荒くなっていく。

すぐさまアルファードが半歩踏み出す。だが、行動とは裏腹に落ち着いた声で男に話しかけた。

「大丈夫だ。落ち着きなさい。このあたりの魔物は完全に倒した」

「……あ、ああ。……いえ！　す、すみませんでした！」

青ざめる兵士だったが、アルファードはゆっくりと敬礼した。

「そのような過酷な環境で生き残った貴君を、同じ兵士として誇りに思う。カイル様に続きをお願いする」

「はっ！　それで、ヒュドラに囲まれた私たちは、逃げようと提案したのですが……その、ザイード様が……」

言いよどむ男の様子で、ザイードが何をしたのか想像がつき、カイル以外の全員が苦笑する。

カイルはにこやかに微笑み、兵士を促した。

「言いにくいことかもしれませんが、大事なことです。教えてください」

「……は！　その、ザイード様は、気合いが足りないなどとおっしゃられ、自ら剣を取り、ヒュドラを倒してくれたのですが、それで勢いにのったザイード様は、湿地の奥へ奥へと進んでしまって……」

え？

「ザイードってヒュドラ倒せるの⁉」

あ……。

俺は慌てて口を押さえるが後の祭り。

ザイードの私兵の前で呼び捨てはダメだろ！

反省……。

アルファードには鬼の形相で睨まれるわ、リーファンやレイドックは呆れて額を押さえるわ、ヴァンの野郎なんぞ腹抱えて笑い出しやがった！

いや、俺が悪いんだけどね⁉

兵士は少し戸惑ったようだったが、律儀にも答えてくれる。

「その質問は、ザイード様が単騎でヒュドラを倒せるかという意味でしょうか？　ヒュドラを単騎で倒せる人間など、冒険者にもめったにいないと聞いています。一般的にヒュドラは集団で倒す敵ですよね？」

「あ、いや、うん。そうだな。ごめんなさい」

俺は会話をぶった切ったことに謝罪し、頭を下げた。

だって！　そんだけ衝撃的だったんだもん！

あと、うちの冒険者の大半が単騎でヒュドラ倒せるからね！　四つ首くらいまでなら！

するとカイルがこっそり耳打ちしてくれた。

「ザイードお兄様は、騎士剣術を学ばれました。一般的な兵士よりはお強いのです。ただ……」

一般兵って、ゴールデンドーン基準じゃないよな？　世間一般の兵士基準だよな？

「お兄様の学ばれた剣術は、基本的に対人用で、魔物と戦うことを想定したものではありません。持っている剣はかなり良いものなのですが……」

ふーむ。

とりあえず、人並み以上には戦えるってことか。

そんで、兵士によって弱っているヒュドラにとどめを刺して、調子に乗って危険な奥地に突っ込んでいったってところだろ。目に見えるようだぜ。

俺は再び、視界が一気に悪くなる森の中央を睨みつける。

細かく枝分かれした根が大地を覆い、茂った葉が視界を妨げ、細い川が網の目のように流れる、湿地帯中心部。

普通に考えたら立ち入らない。

まったく、ザイードの馬鹿野郎が！

見つけたら、こっそり殴っちゃる！

……生きてれば。だけどな。

アルファードが一つ咳払いして兵士を促す。

「中央部に突っ込んでいったあと、どうなったか教えて欲しい」

「はっ！　急に足場と視界が悪くなり、部隊は広がる形になってしまいました。しばらく歩くと霧も出てきて方向感覚も失い、どこを歩いているかすらわからなくなりました！」

そりゃそうだろう。

探索になれた冒険者でも、このマングローブ林は危険だ。絶対に理由なく踏み込んだりしない。この見通しの悪い森で霧まで？　冗談じゃないな。

いや、冒険者でないから、危険性が理解できなかったのか？

俺の疑問を余所に、兵士の報告が続く。

「それで、薄暗くなり始めた頃、突然、大量のヒュドラに襲いかかられました……あれは……闇に溶けた死の姿でした……」

急に文学的だな⁉　わかりやすいけどさ！

「あっという間に部隊はちりぢりになり、私も闇雲に走り回ったあと、木の根に潜り込み、何日も隠れていました。食料はありませんでしたが、水だけは豊富だったので、生き延びられました。助けていただいたこと、感謝いたします！」

改めてカイルに敬礼を向けたことで、話が終わったことを悟る。

それにしてもよく生きてたもんだ。

マングローブの根の中って、ヒュドラからすると見つけにくい場所なんかね？

だとしたら、生き残っている人間に期待ができるんだが。

俺はカイルに視線を向けた。するとカイルは俺を力強く見つめ返す。

「クラフト兄様……。僕は、やっぱりザイードお兄様と兵士の皆様を助けたいです。力を貸してくれますか？」

それは、カイルが指揮する兵士や冒険者に無茶をさせるという決断だ。そのことをカイル自身がよくわかっているのだろう。

わずかに身が震えていた。

だから。

俺は思いっきりニヤリと笑ってやった。

「ああ。任せろ！　レイドック！」

名前を呼んだだけで全てを悟ったレイドックが、これまたニヒルな笑みで横に立つ。

イケメンめ！

「カイル様。俺たち冒険者の部隊で中央部に突っ込もうと思います。その間の護衛をリザードマンと兵士に任せ……」

カイルがそこで、首を横に振ってレイドックの言葉を止めた。

「冒険者部隊だけでの突入は認めません」

「ですが」

どちらの言い分もわかるな。

冒険者の全員がレイドックパーティーくらいの実力があれば、なんとでもなるだろうが、さすがに全員がBランクとはいかない。

　なにより初めて踏み込む地だ。なにがあるか想像もつかない。

　湿地帯の中央と言葉で聞けば簡単だが、そこは都市国家が領土ごとすっぽりとおさまるような広さなのだ。

「ならば、我らが一緒に行けばどうだろう？」

　突然掛かった声に振り向くと、リザードマンのジュララとシュルルだった。

「お話し中失礼する、カイル様」

「いいえ。もう周辺の探索は終わったんですか？　ジュララさん」

「はい。そこで湿地帯中央部のマングローブ林に向かって踏み入る大量の足跡を見つけました」

「え？」

「おそらくあなたのお兄様、ザイード様の兵隊のものでしょう」

「それは！」

　思わず身を乗り出すカイル。

　あんな兄でも、それほど心配なのか。ええ子や！

「そこでカイル様に提案です。今回、我らリザードマンと冒険者はほぼ同数です。ですので、冒険者とリザードマンをセットにしてはどうでしょう？」

「それはどういう意味でしょう？」

　カイルは意味がわからなかったようだが、レイドックは手を打った。

「なるほど。湿地に詳しく、動きが鈍らないリザードマンと、戦力となる冒険者が組めば、動きが格段に良くなる！」

レイドックにジュラうが頷く。

「それだけではない。もし、冒険者の手に負えない敵が出たとしても、我らリザードマンが責任を持って冒険者を担いで逃げ切ってみせる」

なるほど。冒険者とリザードマンのペアを大量に作るのか。

悪くないアイディアだ。

「たしかに悪くない。だが反対だ」

レイドックが難しい顔をする。

「なぜだ？　俺はいい作戦だと思ったが」

どこが問題なのだろう？

「カイル様の中央部隊が手薄になるだろ。主力二部隊が抜けるんだぞ」

なるほど。

ふーむ。少し考えてしまうが、心配しすぎだと思う。

「アルファード率いるカイルの私兵がまるっと残ってるし、俺やリーファンやジタローもいる。さらに直衛のキャスパー三姉妹もいるんだ。俺たちは奥に行かず、このあたりで待つつもりだぞ」

すでに湿地の奥に来ているが、まだギリギリ中層エリアだ。外周エリアより危険なのは認めるが、この戦力で問題が起こるとは思わない。

俺、レイドック、ジュララ。それにアルファードとヴァンが無言でカイルを見やると、カイルは力強く頷いた。

「ジュララさんの意見でいきましょう。ただし、危なくなったら即撤退を徹底してください」

「了解です」

レイドックが大仰に頷いた。カイルを安心させるためにおちゃらけているのだろう。

ジュララが続く。

「我ら、クラフトとカイル様のご恩に報いるため、身命を賭して！」

「いえ、命は大事にしてください。でないと許可しませんよ？」

「う……」

うろたえるジュララに、周囲から笑いが漏れた。

よし！　いい感じで緊張もほどけたな！

カイル、もしそれを計算でやってるんだったら恐ろしいんだが……。

それまで黙っていたヴァンも出てくる。

「なに、どんなに最悪の事態でも、絶対にカイルだけは俺様が守り通してやる。お前たち、安心して突っ込んでこい！」

わーお！　ほんとこいつはビッグマウスだな!?

不思議と嫌悪感はないんだけどなんでだろ？

ああそうか。

しばらく考えて、俺は気づいた。

ヴァンに対する自分の感情に。

冒険者を始めたばかりの頃、お節介を焼いてくる先輩冒険者をイメージさせるんだ。

おちゃらけて、自信満々で、ときに馬鹿にしつつも、大事な場面で現れて助けてくれる。

そういう、どの冒険者ギルドにも一人はいる、面倒見のいい先輩冒険者。

理解してしまうと簡単だ。

俺はそれまでヴァンに抱いていたモヤモヤがすっと消えていく。

ビッグマウスなんかじゃない。いざとなったら、本当に命を賭けてでも、カイルを助けてくれるだろう。

「なら俺は、マイナをきちんと守り通すさ」

あえて言葉にカイルを含めなかったが、カイル当人はむしろ嬉しそうだった。

一致団結。

俺たちの心は固まった。

決意に満ちた表情で、カイルが号令を発する。

「それでは、冒険者、リザードマン混合部隊は湿地帯中央部へ突入！　身の安全を最優先に、生存者の捜索をお願いします！　ここで得た情報を元に、ヒュドラ討伐は後日再開します！」

「「うおおおお！！！」」

こうして、俺たちは大きく二部隊に分かれた。

この場に残った俺たちは、湿地帯に足場を組み、当面の拠点を準備することにする。

まだ日は高いが、特殊な環境のキャンプなので、夜までに設営が終わるか不安だ。

リーファンが飛び回って大活躍している。さすが生産ギルド長！

簡易拠点を構築している最中のことだ。

見回りをしているジタローとすれ違う。

「よう、そっちに異常はないか？」

「なにもないっすね。レイドックの兄さんが残らず細切れにしちまったみたいでさ」

「わかってるが、油断はするなよ」

魔物はどっから出てくるかわからんからな。

「大丈夫っすよ！　レイドックの兄さんとシュルルさんのリザードマン部隊なんすよ⁉　絶対無敵！　安心確実っすよ！」

……あれ？　なんか急に不安になってきたぞ？

▼指摘されないと、わからないこともあるよなって話

カイル率いる居残り組は、レイドックたち捜索組をフォローすべく、野営地の設営をしていた。

俺は割り当てられた仕事を終える。

「なあリーファン。俺の仕事少なすぎないか？」

やったことと言えば、アイテムの在庫管理と、兵士たちを回って、問題がないか聞き取り調査をしたくらいだ。

「クラフト君の仕事は休養だよ！　なにかあったらすぐに動けるように！」

「俺はこれでも元冒険者で――」

「クラフト君？」

リーファンが腰に手をやり、笑みを深めた。

「わかった。了解だ」

宿泊荷馬車が何台か設置され、そのうちの一つを自分用に割り当てられている。

近づくと、マイナとジャビール先生が一緒にいるのが見えたので一声かけようと近づいたときだった。

戦闘音が響いてきたのは。

「なんだ⁉」

俺が振り向くと、陣地外周で、カイルの私兵たちがわらわらと動いているのが見えた。

そのうちの一人がこっちに駆け込んでくる。

「クラフトさん！　一〇時方向からヒュドラの集団が接近してる！　俺たちで倒せる数だが、少し多い！　念のためカイル様のそばにいてください！」

「了解だ！」

マイナとジャビール先生に駆け寄る。

「カイルは⁉」

「荷馬車の中なのじゃ。安心するのじゃ」

「そうだ。落ち着けクラフト」

荷馬車に寄り掛かっていたヴァン・ヴァインが呆れ口調でため息を吐く。

ちゃんとカイルを護衛していたらしい。

「陣地周辺のヒュドラはかなり減らしたと聞いたが、また出てきたのか？」

落ち着いて顎をさするヴァン。

冒険者ってのは嘘だと思うが、荒事には慣れている感じだ。

「本来なら、湿地帯の浅い地域と、少し入り込んだこのエリアを一掃してから動く予定だったんだ。その理由はわかるだろ？」

ヴァンは肩をすくめる。

「ああ。このクソ広い湿地帯にまんべんなく大量のヒュドラがいるからだな」

「そういうことだ。予定では、一番危険な湿地帯の中心部、植物の密度が極端に上がるこの地域に突撃する前に可能な限りのヒュドラを退治しておきたかったんだが」

「人助けならしょうがないってところか」

「ああ」

ザイードはむかつくやつだが、カイルの兄なのは事実だ。

個人的にはザイードには痛い目にはあって欲しい。

まだ生きているかは怪しいところだが。

生死が確認できていないのだから、捜索は急務だろう。

優しいカイルの心情を考えても、生きて助けてやりたいところだ。

次第と戦闘音が激しくなっていく。

不安になったのか荷馬車から顔を出すカイル。

「クラフト兄様……」

俺は安心させるように微笑む。

「大丈夫だ。数は多いみたいだが、お前の兵隊は優秀だぞ」

「それは理解しています。でも……」

苦戦しているわけではなさそうだが、助けに行くべきか？

悩んでいると、ヴァンがニヤリと口元を歪めた。

「よし。俺が行こう」

ヴァンが身長ほどある、真っ白で巨大な剣を手に取った。

強いやつなら、大歓迎だって話

ヴァンが真っ白な、白亜の巨大剣を手に、ゆっくりと戦闘音の響くほうへと足を進める。

「おいヴァン。お前はカイルの護衛だろ⁉ 戦闘に参加してどうする！」

「今はクラフトも、三姉妹も、リーファンもいるだろうが。この陣営なら十分すぎる」

「それは確かに……」

ヴァンの言うことは正しいが、絶対にカイルを守るとか抜かしてた野郎が真っ先に前線に飛び込んでどうすんだよ。

「ふん。前線はレイドックのいるところで、ここは後方だろうが。それにカイルの私兵が一人でも死んだら、カイルは悲しむだろう？」

「そりゃそうだが」

「それに、俺の実力も見せておかないと、連携もとれんだろうが」

そう言われると、反論できない。

俺は少し悩む。

「クラフト君！」

「クラフトさん！」

やってきたのはリーファンとキャスパー三姉妹だ。

ちょうどいいタイミングだな。

「リーファン、エヴァたちとこの場所を頼む」

「え？　クラフト君はどうするの？」

「ヴァンが戦闘に参加するから、俺は後ろでそれを確認する」

「クラフト君は戦闘に参加しないんだよね？」

「直接戦闘は可能な限り参加するなって釘を刺されてるしな」

この遠征に向かうにあたり、そのあたりは散々まわりから注意されている。

俺も、魔術師だった頃の感覚は少し直さなければと思っていたところだ。

錬金術師として、後方支援に徹するつもりである。

「ヴァンの実力を確認したい」

「わかったよ。でも無理しちゃダメだよ？」

「大丈夫だ……そういやジタローは？」

一応カイルの護衛として来ているジタローの姿が見えない。

「さっき、戦闘音のするほうに飛んでいったよ。はぁ」

「自由か！」

まぁ、あいつの弓は頼りになるからな。

私兵には心強い援護だろう。

そんなやりとりをしているあいだにも、ヴァンはとっとと防衛地点へと移動してしまう。

「じゃあ頼む！」

俺はそう言い残して、急いで防衛地点を見渡せる場所へと移動する。

宿泊荷馬車と防衛地点の中間の位置で、俺は様子をうかがう。

野営地の一〇時方向から大量のヒュドラが押し寄せていた。

カイルの私兵が隊列を組み、完全防衛の体制をとっている。

防衛指揮を執っているのはアルファードだ。

「いいか！　魔物の一匹とて通すな！　攻め上がる必要はない！　防衛で削れば、そのうち敵は全滅する！　絶対に突出するな！　お前たちの実力ならば、たやすい仕事だ！」

なるほど。

無理にヒュドラの群れに突っ込まず、防衛に専念することでゆっくり敵を減らす作戦か。

確実性を求めるあたり、質実剛健なアルファードらしい。

すると、ヴァンがアルファードに近づいていく。

「アルファード！　このヴァン様が手伝ってやろう！」

「なに!?」

「なんだ。俺では不足か？」

「……いや。ならばお願いする。敵をかき回してくれ」

「ははは！　なんなら全滅させてやるぞ！」

ほう。

あの量のヒュドラを全滅させると言い切るのか。

「いや、それが可能だとしても全滅はやめてくれ。これはカイル様の私兵にとってもいい訓練となっている」

「ならば、首の多い個体を中心に、目減らししてやろう」

「可能ならば頼む。だが、無理はするなよ？」

「心得ている！」

ヴァンは言うなり防衛陣から飛び出していく。

彼の持つ巨大な剣が唸りを上げた。

「〝絶唱烈鮮〟！」

気合いの裂帛と共に、凄まじい衝撃が大地を揺るがすと、複数のヒュドラが肉塊となり飛び散っていった。

「「おお‼」」

兵士たちが感嘆の声を上げる。

「馬鹿者！　よそ見をするな！　隊列を維持しろ！　集中だ集中！」

「「はっ‼」」

アルファードの叱咤に、兵士が慌てて顔を前に戻す。

だが、彼らの気持ちもわかる。予想以上に、ヴァンが凄い。

「うははは！　久しぶりに暴れさせてもらおう！　〝旋風鳳斬〟！」

使える者が珍しい、高威力の剣技を当たり前のように放つ。

それだけでも驚きだが、その威力がまた凄い。

レイドックが好んで使う剣技なのだが、ヴァンの放ったそれは、レイドックのそれに迫るほどの威力だったのだ。

ゴールデンドーン最強の剣士であるレイドックと威力を比べられる時点で、ヴァンの実力はとんでもない。

技の威力はレイドックに匹敵。

機動力はレイドックに劣るようだが、そのぶん、防御力が高そうに見える。

どうやら高火力防御型の戦い方のようだ。

「おおお⁉　今まであまり意識してなかったが、これほど戦闘していても疲労を感じないだと⁉　スタミナポーション恐るべし！　〝風雪乱斬〟！」

強固体が次々とみじん切りされていくさまは、なかなか壮観だ。

そして、重要なことに気づく。

ヴァンの左手が、わずかに発光しているのだ。

あれは間違いなく、紋章光。

手袋をしているのにもかかわらずだ。よほど紋章の光が強いのか、漏れ出ている。

遠見の魔法を使っている俺でなければ気がつかない程度だが。

いや、おそらくアルファードは気づいたな。

普通の紋章ではあそこまで強い光を発することはない。

ヴァンの持つ紋章は、間違いなく上位の色つき紋章だ。

まるで日頃のストレスを解消するかのごとく、どこか八つ当たり気味に、押し寄せるヒュドラを素材へと変えてしまった。

うん。強い。

なるほど、自信満々でカイルを守ると宣言するだけのことはある。

これなら、いざというときは、カイルをヴァンに任せても大丈夫だろう。

そんなときは来ないが。

「わはははは！　剣技撃ち放題とは気持ちが良いぞ！　〝覇王凱閃〟！」

気分良さげに、大剣を振るうヴァンのおっさん。

「いやはや！　これはたのしい！　〝神息纏剣（しんいてんけん）〟！　〝奉天紫影舞〟！　〝征路破進撃〟！」

巨大なヒュドラの身体が、まるでオモチャのように次々と空に吹っ飛び、粉々に砕け、みじん切りにされていく。

それにしても、見たことも聞いたこともない技ばかりだった。

ヒュドラの後続を完全に叩き潰したあと、ほくほく顔でこちらに戻ってくるヴァン。

アルファードが苦笑いしていた。

「倒しすぎだ」

「ふはははは！　訓練には十分な数は残しておいたろう！」

「一応、礼は言っておこう」

「なんだ。一応か？」

「ならば、文句でも言おうか？」

「冗談だ、冗談！　俺はカイルのところに戻る！」

からからと笑いながらカイルの馬車へと足を運んだので、俺も慌てて合流する。

「おっさん！」

「おおクラフト。俺の活躍はしかと目にしたか？」

「ああ、口だけじゃなかったんだな」

「わははははは！　今から尊敬して崇めたてても良いのだぞ！」

「そこまではしないが、安心した。あんた、自分の実力をまわりに見せつけるためにやったんだろ？」

するとヴァンのおっさんが目を細める。

「ほう？」

「ああ。ぽっと出の冒険者がいきなりカイルの直掩だ。俺はジャビール先生の推薦だから信じられるが、他のやつらはそうじゃないだろ？」

「なるほど、気がついていたか」

「俺は利口なほうじゃないが、長いこと冒険者をやってたからな、仲間内の機微には敏感なんだよ」

「なるほど……冒険者としての経験か。貴重なものだな」

「おっさんも冒険者だろうが」

「わははははは！　そうだった！」

俺は大きくため息を吐く。

これで、このおっさんが貴族なのは確定だな。

最初は警戒していたが、悪いやつではなさそうだ。

むしろ、頼もしい味方だと、俺のカンが言っている。

しかし、何者なのかね、このおっさんは。

そんなことを考えていると、アルファードがこちらに近づいてきた。

「クラフト、ちょっといいか」

「なんだ？」

「酒の入った樽を、出してくれ」

「酒？」

「ああ。兵士たちにコップ一杯だけ許可してやろうと思ってな」

「そういうことか。何樽出せばいい？」

酒樽は何十樽も空間収納にしまってあるので、言われればいくらでも出せる。

「一樽あれば十分だが……、頑張れば褒美がもらえると目に見えてわからせてやるべきか。一〇樽ほど並べておいてくれ」

「こっそり盗み飲むやつも出るんじゃないか？」

「それならそれでかまわん。カイル様の私兵という矜持も持てないやつは、徹底的に再訓練してやる」

にやりと笑うアルファード。

意地の悪いことでと思いながら、酒樽を取り出して並べた。

「よし！　一人一杯のみ、酒を許可する！」

「「「おおおお！！！」」」

わらわらと集まってくる兵士たちを見て、アルファードがぼそりとつぶやく。

「あいつとあいつは、無許可で持ち場を離れたな。帰ったら絞ってやる」

おーう。目をつけられたのは元冒険者っぽいな。ご愁傷さん。

とか思ってたら、酒樽に一番乗りしている赤毛のひげと目が合った。

「活躍したのだから、俺にも飲む権利はあるのだろう？」

「ヴァン……たぶんだが、あんたには口が合わないほどの安酒だぞ？」

兵士用の酒など、用意してあるだけまし。あっても安酒が基本である。

貴族のヴァンに飲ませられるようなもんじゃない。

「どれどれ？　おお！　まるで水だな！」

「ヴァン！　他の兵士は嬉しそうに飲んでるだろうが！　持ち場に戻れ！　そして眠らずにカイルを守れ！」

「寝るわ！　交代で！　だが、クラフトの言うことも正しいな。素直に戻ってやろう！」

笑いながら荷馬車に戻るヴァン。

あれほどの実力を見せたのだ。ぜひカイルをきっちり守って欲しいものである。

▼相手のことを、理解する瞬間があるよなって話

朝になり、宿営地が賑わい始める。

リーファンとマリリンが兵士たちの食事を作っているのだ。

メニューは大量に作れる雑炊らしい。

米は小麦の次に普及している穀物だ。特に今回のような大人数の食事に向いているため、軍隊ではおなじみなのだ。

もちろん、冒険者もよく世話になる。

これが人数分のパンを持ち歩くとなると、大変なのだ。パンは米と比べて、腐りやすいからな。

この広大な湿地帯を開墾できれば、とてつもない量の米が収穫できるようになるだろう。

今はザイード救出を優先しているが、本来はこの湿地帯の確保が目的だったことを思い出す。

リザードマンの村も早く建ててやりたいものだ。

マウガリア王国は比較的食料が出回っているが、それでも潤沢とは言いがたい。

ゴールデンドーンで絶賛増産中のクラフト小麦（泣）のおかげで、相当量の小麦が出回っているはずだが、それでも王国全ての住民の腹を満たすには少し足りない。

だが、ここで開墾が成功すれば、王国の食糧事情が一気に改善し、住民の生活は良くなり、経済も発達し、人類に余裕が生まれるだろう。

そうなれば、人類の夢である、生存圏の拡大へと大きな一歩となる。

だからこそ、この湿地帯の魔物殲滅は最優先なのだ。

兵士たちもそのことがよくわかっているのだろう。とてつもなく士気が高い。

そんな笑顔で朝食をかっ込む兵士たちを眺めていると、カイルが馬車から出てきた。

「クラフト兄様。おはようございます」

「おう。おはよう」

カイルの背後にくっついていたマイナもかすれるような音量で挨拶してくれる。

「……はよ」

「おう。おはよう。ちゃんと寝れたか?」

「……ん」

マイナが小さく頷く。

そうか。こんな環境だと寝付けないと思ったけれど大丈夫そうだ。

いや、まてよ。こう見えてマイナは、この開拓に最初からずっと参加してたんだ。旧ゴールデンドーンへの馬車旅だって、貴族の子供からしたら、とてつもない苦労だったろう。

だが、今考えてみると、マイナは大きな弱音を吐いたことがない。

もしかしたら、マイナは見た目や態度と違って、凄い図太い……いや、負けず嫌いな性格をしているのかもしれないな。

そんなことを考えていたから、マイナのことを凝視していたらしく、彼女は少し頬を赤らめて、そっぽを向いてしまった。

レディーに失礼だったたな。

「兄様、僕はこれから陣地の見回りに出るので、その間マイナをお願いしますね」

「おう。任せろ」

「マイナ、クラフト兄様と一緒に朝食を取りながら、おとなしく待っているんだよ？」

「……ん」

優しく諭すカイルに、マイナが小さく頷く。

「カイルは食べないのか？」

「もう食べましたから」

カイルはにっこりと笑いながら、アルファード、ヴァン、リーファン、ジャビール先生と一緒に行ってしまった。

マイナの護衛として残っているのは、俺、キャスパー三姉妹、ジタローの五人である。

俺は夜の当番が早番だったので、少し遅い朝食を取ることにする。

マイナと一緒だ。

ほとんどの兵士は朝食を終えたところなので、片付けの邪魔にならないようにマイナと一緒にすみっこに移動して食事をする。

俺は雑炊を山盛りで食べていたが、マイナはお椀の半分くらいしか食べていない。

いつも思うのだが、良くこれだけで動けるものだ。

「美味いか？」

「ん」

「この湿地帯の開墾が上手くいったら、この米を国中の人間が腹一杯食べられるようになるんだぞ」

「……ん」

「そうそう、マイナにもらったお守りもちゃんと身につけてるからな」

俺は前にもらった、入院が必要になりそうなウサギのぬいぐるみを腰から取り出す。

「……」

俺のためにマイナが手を加えたウサギをじっと見つめるマイナ。

なにか言いたそうな気配を感じる。

「なんだ？」

マイナは少し考えてから、小さくつぶやいた。

「……がんばる」

彼女は言うなり立ち上がると、空の食器を持って歩き始めたのだ。

これには控えていた兵士も驚く。

この兵士はマイナのお世話をしている人だ。

慌てて兵士がマイナの食器を受け取ろうとするが、俺がそれを止める。

「クラフト殿？」

「あんたの役目はわかってるが、ここはマイナにやらせてやってくれないか？」

「しかし……」

「カイルには俺から言うからさ」

「……わかりました」

マイナはおっちらと、食器を洗っている兵士のところへ行って、そこでも彼らを驚かせていた。

彼らに食器を渡したマイナが、満足げにこちらに戻ってくる。

むふーと小さく鼻息を荒くし、胸を張って俺を見上げた。

俺はがしがしと、マイナの頭を撫でてやる。

そうだよな。

マイナだって、この開拓のメンバーだもんな。

できることから頑張るマイナは、やはりカイルの双子の妹なのだなと、改めて感心するのであった。

「……おっと、そろそろレイドックに通信を繋げる時間だな。マイナ、ちょっと待っててくれ」

「ん」

マイナを椅子に座らせ、俺は通信の魔導具を起動する。

まさに、それと同時だった。

湿地帯の中心部方面から、爆音が聞こえたのは。

▼自分のことしか考えないと、痛い目を見るよなって話

私はザイード・ガンダール・ベイルロードである。

その私が！　なぜ！　泥にまみれて逃げ惑わねばならぬのだ！

湿地帯に入ってしばらくは良かった。植物は草程度しかなく、見通しがきいていたので、接近するヒュドラに早くから対処することができていたのだが、うねうねと細かい根が複雑に絡みあう植物がちらほらと見え始めてから、次第にヒュドラの殲滅速度が落ちていく。

まったく！　例の貴重なスタミナポーションを全員に飲ませているというのにふがいない！

「お前たち！　進軍速度が落ちているぞ！　このままではいつまでたっても魔物共を殲滅などできんではないか！」

私が喝を入れてやると、兵士長が突然頭を下げてきた。

「ザイード様！　進言いたします！　一度撤退しましょう！」

「……なに？」

なにかの冗談かと思ったが、兵士長の表情は真剣であり、どちらかといえば悲壮感も漂っている。

「すでにジャビール様からいただいたヒールポーションは半分を切っております！　ですが魔物は減る気配どころか、進むにつれ増えております！　このままでは全滅もありえるかと！　なに

とぞ！　なにとぞ撤退指示を！」

どうやら兵士長は本気らしい。

だめだ……それではダメなのだ！

「前進だ……、前進せよ！　踏みとどまることまかりならん！」

「ザイード様！」

「ええい！　進まねばならん、ならんのだ！　でなければ、私はカイルに……」

心の奥底で、ふつふつと湧き上がるどす黒い感情。

そうだ……進まねば、カイルが次期領主となってしまう……。それだけは、それだけはどんなことがあっても許されぬ！

私は父よりたまわった名剣を抜き放ち、こちらに寄ってきていたヒュドラを斬りつける。

「前に出てはなりません、ザイード様！」

「この私が剣を取るのだ！　撤退は許さぬ！　進め！　進むのだ！」

私が士気を高めるため前線に躍り出ると、ようやく兵士長は覚悟したようだ。

「兵士たちよ！　ザイード様と共に進むぞ！」

「「おう！！！」」

不甲斐ない兵士を率いて、私は湿地帯の最奥へと進軍していく。

まるでなにかに操られているかのように。

すでに時間の感覚も、日付の感覚も失っていた。

深い霧で、視界は常に乳白色に染まり、確認できるのはおどろおどろしい、マングローブとかいう細い根が絡まりあった植物だけだ。

この地に足を踏み入れてから、何日が経った？　それとも数時間しかすぎていないのか？

気づけば随伴する兵士の数が半数を切っていた。

ほとんどが戦闘の最中にちりぢりになり、そのまま霧に紛れて合流できていない。

生存は絶望的だろうが、次から次へと襲いかかるヒュドラと連戦しているため、進むしかなかった。

私たちはヒュドラを倒したり、かわしたりしながら先へと進み続ける。

兵士たちの疲労が限界を迎えた頃、なぜか急にヒュドラが出現しなくなった。

「……様子がおかしいですね」

兵士長があたりを見回す。

「そんなことはわかっている。それよりも少し休息をする。休めそうな場所を探せ」

「はっ！」

それまで俯き加減だった兵士たちが、途端に目を輝かせ、周囲を探索していく。

ふん。まだ動けるではないか。

叱りつけてやりたいところだが、さすがの私も休息が必要だ。

すぐに兵士が駆け寄ってくる。

「兵士長！　この先に不思議な空間が広がっております！」

「なに？」

兵士長は眉を顰めるが、私は即座に確認する。

「そこは休める場所があるのか？」

「え？　あ、はい！　霧も薄く、休息できそうな場所はあるのですが……」

なぜか兵士が口ごもる。

「ええい！　かまわん！　全軍そこに移動するぞ！」

「安全確認をしてからのほうが……」

「私はともかく兵士どもが限界だ！　進め！」

「はっ！」

私は兵士長を一喝し、兵士の示す方角へと軍を進める。

すぐに視界がひらけていったのだが……、そこに現れた光景は異常なものであった。

「なんだ……これは？」

黒かった。

そこに生えるマングローブも、草も、花も、全てが黒かったのだ。

私たちは、ゆっくりと漆黒の湿地帯を見て回る。

「形だけは、湿地帯の植物のようですね」

兵士長が険しい顔で、植物を手に取る。

呪われそうな色をしているが、触った程度では問題なさそうだ。

「見てください！　あそこの巨大なマングローブの根元を！　大きな岩が絡んでいるらしく、水に浸っておりません！」

「なに⁉」

兵士長が慌てて駆け寄り、巨大な黒いマングローブの根をのぞき込む。外からはわかりにくいが、中に大きな空洞があるらしい。

「ザイード様！　ここなら休憩可能です！　キャンプの許可を！」

こんな得体の知れない植物の根に潜り込むのは不快だが、ずっと水に浸かっているのもいい加減うんざりだ。

「許す」

「ありがとうございます！　全員！　外から魔物に見つからないよう、偽装を始めよ！」

「はっ！」

息を吹き返したように、兵士たちが生き生きと、設営を進めていく。

私は先に中に入り、濡れたズボンを乾かし始める。

魔法を使える兵士の一人が、魔法でお湯を用意し、お茶を用意する。

私はそれを口にすると、身体中に熱が戻ってきたことを実感した。

どうやら、想像以上に身体が冷えていたらしい。

偽装を終えた兵士たちが根の空間に潜り込んでくる。

狭くて不快だが、許してやろう。私は寛大だからな。

兵士たちは鎧を外し、濡れた服を絞りながら震えていた。

「どうした？　お前らも茶を飲むくらい許してやるぞ？」

私が寛大な処置を下すも、兵士長が首を横に振る。

「いえ、もう魔力が残っておりませんので」

「ならば火を焚けばいいだろう」

「それでは偽装した意味がなくなります」

「そうか。ならば我慢しろ」

「はっ」

兵士たちは、身を縮めてうずくまり、うとうとと頭を揺らし始めていた。

ふん。私のためにゆっくりと休んでおけ。

気がつくと、私も眠りに落ちていた。

どの程度時間が経過したのかはわからないが、ふいに意識が覚醒していく。

なぜか、背中に寒気を感じたからだ。

凍えるような感覚とはまったく別の、本能が悲鳴を上げるような寒気である。

眠っていた兵士長も、目を覚ます。

不寝番に声を掛けようとしたが、そいつは寝ていた。

「兵士長、こいつはあとで減給処分だ」

「……はっ！」

「それよりも、様子がおかしい」

「はい。なにか嫌な予感がいたします」

「うむ」

私は根の隙間から、外の様子を窺う。

相変わらず霧があたりを覆っている。

この気味の悪い黒い植物の一帯は、少し霧が薄いが、それでも見通しは最悪だ。

本能の命じるまま、嫌な予感がする方向を凝視すると、白い霧の向こうで、巨大な何かがゆっくりと蠢いているのがわかる。

それは、山だった。

巨大な、山だった。

それは、見上げねばならぬ、山のような、巨大な、ヒュドラだった。

順調なときほど、気をつけなきゃって話

これはあとからレイドックに聞いた話だ。

俺たちと別行動を始めた救出チームは、このように動いていたらしい。

レイドック率いる冒険者部隊と、ジュララの率いるリザードマン部隊の混成隊は、ザイードたちを救出すべく湿地帯中心部に向かって進む。

そこは、複雑な枝が絡みあうマングローブと、水迷宮だったという。

レイドックはまず、冒険者とリザードマンを組ませたチーム分けをした。

それぞれのチームは、レイドックとジュララのリーダーチームを中心として、左右に等間隔で散開。ヒュドラを殲滅しつつ、生存者の捜索を行う。

湿地でも追跡能力を失わないリザードマンと、何人かのレンジャーを有する冒険者が全力を尽くした結果、ザイードからはぐれ、隠れて震えていた全ての兵士を見つけ出すことに成功した。

それは奇跡と言ってもいいだろう。

彼らはそのままザイードたちを救出するべく前進を続ける。

湿地をものともせず、先頭を歩いていたジュララが表情を険しくして顔を上げた。

「なんだ？」

レイドックはまた兵士を見つけたのかと思ったが、どうも様子が違う。

「ジュララ、なにがあった？」

「いや、どうやらこの先だが、霧が薄くなっているようなのだが……」

「それのどこが変なんだ？」

レイドックとしては、この濃霧が薄くなるなら大歓迎だったが、ジュララは警戒しているようである。リザードマンにしか感じられない何かがあるのかもしれない。

ジュララはしばらく無言で周囲の様子を窺っていたが、ふいにしゃがみ込んで地面を調べ始める。

「レイドック。……ソラルを呼んでくれ」

「わかった。ソラル！」

レイドックが呼ぶと、すぐにソラルがやってきた。

ソラルは水に浸かった地面を入念に調べ始める。

「これ、人間の足跡ね。結構な数だわ。さすがリザードマンね。私じゃよほど意識しないと湿地の中の足跡はわからなかったわ」

「湿地や沼地では我らのほうが優れているというだけの話だ。町でも森でも能力を発揮できるソラルには負ける」

謙遜なのか、ジュララは少し顔を横に向けた。照れているのかもしれない。

レイドックは苦笑したが、ソラルは軽く肩をすくめてから、話を進める。

「救出した兵士の数から考えると、生き残り全部の足跡じゃないかしら？」

「つまり、カイル様の兄がこの先にいる可能性が高いってことだな？」

「間違いないと思うわ」

二人が頷きあうのを、レイドックが確認する。

「よし、慎重に進むぞ」

レイドックが全員に指示を出す。

それに対してジュララが何かを言いかけるが、口を閉じた。

（なにか嫌な感じがするが……救出が最優先。だな）

ジュララは身を低くし、ソラルと一緒に足跡を辿り始める。

変化はすぐに起きた。

牛乳をぶちまけたような濃い霧が突然晴れ、眼前に黒いマングローブ林が現れたのだ。

童話にでも出てきそうな、真っ黒な木々が、視界いっぱいに広がる。

あまりにも衝撃的な光景に、ジュララが言葉を失うが、それとは真逆にレイドックたちは驚愕の声を上げたのだ。

「な……!?」

「これは！」

「まさか!?」

予想外の反応に、ジュララがレイドックたちを振り返る。

「レイドック!?　なにか知っているのか!?」

レイドックは黒い木々から目を逸らさずに、ジュララに語り始めた。

「ゴールデンドーンが、コカトリスの集団に襲われた話はしただろ？」

「ああ」

ジュララやシュルルをはじめとしたリザードマンがゴールデンドーンに移住するさい、彼らはクラフトやリーファン、レイドックやジタローから、たくさんの話をしてもらっていた。

コカトリスの集団に襲われたのは、ゴールデンドーン最大の危機として、全員が熱く語っていたので、彼らも興奮して聞き入ったものである。

「そのとき、コカトリスたちが黒い植物を食べていたのを目撃したことがある」

「なんだと？」

「植生は違うが……あのときは、魔物が口にした途端、凶暴化していた」

「それは……」

ジュララが驚愕に目を見張る。

「待って！　あそこ！　人がいる！」

レンジャーのソラルがめざとく、ザイードたちが避難した巨大なマングローブを見つけた。

走り出そうとしたソラルの腕を、レイドックが強く引く。

「え？」

（静かに！　全員に音を出すなと通達！）

（……！）

レイドックが指示を出しつつも、指を差した先に、巨大な、岩山のような巨大な何かがあった。

少しだけ残る霧の奥に、黒い塊があった。

（ソラル！　あれが何かわかるか⁉）

（黒い岩山……違う！　生物よ！　わずかに動いてる！）

彼らは身を低くし、静かに木の陰に隠れながら、嫌な予感のする巨大生物を凝視する。

（うそ……信じられない……。あれ……ヒュドラだわ……ドラゴン並みの巨体の）

ソラルの声は震えていた。

レイドックですら冷や汗が出るほど、危険な魔物だと断言できる。

本来なら、逃げの一手だ。

だが、よりにもよって、このタイミングで生存者を、しかも救出ターゲットだと思われる集団を見つけてしまったのだ。

レイドックはわずかに黙考したあと、決意の視線をソラルに向ける。

（……ソラル。危険なことを頼みたい。まず、お前一人でザイード様と合流して、こちらに静かに逃げてくるよう伝達を任せたい）

レイドックの真剣な眼差しに、ソラルの震えがピタリと止まる。

（……任せて！　それはレンジャーの仕事よ）

（ああ。信用してる）

二人が軽くキスを交わす。

ソラルが移動を開始しようとした瞬間だった。

「「「うおおおおおおお！！！」」」

信じられないことに、雄叫びを上げながら、ザイードを先頭に兵士たちが一丸となって、巨大なヒュドラに突っ込んでいったのだ。

それは決意の突撃。

「クソ！　決死の覚悟で突っ込んでやがる！　もう少し早く合流できていたら！」

「ダメよレイドック！　後悔はあと！」

「ああ！　シュルルチームは救出した兵士たちを守れ！　それ以外は全員突撃！　絶対に助けるぞ！」

「「「おおおおお！！！」」」

冒険者、リザードマンが、突撃を開始する。

それまで緩慢とした動きしか見せていなかったヒュドラが、想像以上に機敏な動きで首を振る。

そこで、ようやく彼らはヒュドラの全貌を確認する。してしまった。

その姿は巨大。

凶悪な頭が八つ。

太く長く力強い尻尾が八尾。

それは、ドラゴンに勝るとも劣らぬ、恐怖そのものだった。

▼虚勢をはるのは、ときと場所を考えろって話

危険な湿地帯の中央部まで足を踏み入れたレイドックたちは、とうとうザイードたちを見つける。

ソラルが連絡員として、彼らに接触するため、移動を始めようとしたときだった。

突然、ソラルの耳にとんでもない声が飛び込んでくる。

それは信じられないことに、今まさに決死の覚悟で進む予定の場所から聞こえてきたのだ。

「聞け！　我が兵士たちよ！　あれこそがこの湿地の主に間違いない！　どのみち逃げ道などないのだ！　剣を掲げよ！　心を奮い立たせるのだ！　全てはこの一戦にかかっている！　突撃！」

レンジャーの紋章を持ち、耳の良さには自信のあるソラルが、自らの能力を疑ったのはそれが初めてである。

続いて聞こえてきたのは、兵士たちの雄叫び。

「「「うおおおおおお！！！」」」

彼らは隠れていた黒い大木の根元から、飛び出し、無謀にも八ツ首八ツ尾の巨大ヒュドラに突っ込んでいったのだ。

あまりの出来事に、一瞬硬直していたソラルだったが、すぐにレイドックを振り返る。

「レイドック！」

レイドックはソラルの声にはっとして、悪態をつきつつも、すぐに全員に指示を飛ばす。

「シュルルチーム以外、全員巨大ヒュドラに突撃！　絶対に助けるぞ！」

冒険者とリザードマンの合同隊も八ツ首ヒュドラに突っ込んでいくことで、ようやくザイード隊と合流した。

謎のヒュドラを合同隊に任せ、レイドックは責任者としてザイードを探す。

レイドックが叫ぶ。

「ザイード様！　救出に来ました！」

すると、兵士たちに突撃と叫んでいたザイードが振り返り目を剥いた。

「なんだ貴様らは⁉」

レイドックは内心で、問答する暇があるのかバカ野郎と悪態をついたが、なんとか飲み込む。

「カイル様の命により、ザイード様を救出に来た冒険者のレイドックと申します！　直ちに兵をお引きください！　あの化け物は俺たちが抑えます！」

安堵してくれるかと思いきや、なぜかザイードは怒りを露わにする。

「なんだと⁉　カイルの⁉　……ええい！　この私に恩を売ろうというのか⁉　浅ましい！」

（なに言ってんだ、このおっさん⁉）

レイドックは叫ばなかった自分を褒めてやりたかった。

「……っ！　カイル様はザイード様のことを心の底から心配していました！　とにかく！　問答

している時間はないんです！　今すぐ後ろに下がってください！」

「なに！　冒険者風情で私に命令するというのか⁉」

冒険者とリザードマンの混合部隊が、ザイード兵の前に割って入ることで、かろうじて死者は出ていないが、レイドックの目から見ても、この八ツ首ヒュドラは危険すぎる。

一秒でも早く、部隊に指示を出さないといけない状況で、ザイードと問答している余裕はないというのに、まるで話が通じない。

ジュララが代理で指揮しているおかげで、まだ戦線を維持できているが、リザードマンである彼は、人間中心の冒険者を上手く活用しきれていない。崩れるのは時間の問題だ。

むしろ、これだけの指揮をぶっつけでやれているジュララは優秀である。

だが、今、この状況では足りない。

(だいたいあのヒュドラ！　八ツ首のくせにでかすぎる！　丈夫すぎる！　しかも動きがはえ！)

黒い植物の森を見たときから、覚悟していたが、やはり尋常じゃない魔物と化している。

唯一の救いは、コカトリスのときのように、大量の魔物がこの黒い植物を食べているというわけではなさそうなことだ。

レイドックは様々な感情を飲み込み、ザイードに吠える。

「あれは危険すぎます！　今すぐ撤退を！」

「撤退……撤退だと⁉　この私が⁉」

「ここは場所が悪すぎます！　完全にヒュドラのテリトリーなんです！　ここで戦うのは無茶です！」

せめて木々が薄くなっている場所でなければ、隊列すらまともに組めないと、内心で叫ぶ。

怒りで怒鳴ったザイードだったが、ふと、ヒュドラと冒険者たちの戦いに目を向ける。

「……貴様レイドックと言ったか。あれを倒すのに協力しろ」

「……は⁉」

「見たところ、貴様らはなかなか腕が立つ。私と同じ戦列に立つ許可をやろう。協力しろ」

レイドックはあまりの物言いに絶句した。

「あのデカイ魔物は、この湿地帯の主だろう。詳しくは知らぬが、ダンジョンや一部の地域では、主がいるのだろう？　ならばあれを倒せば、この湿地帯は安全になる」

ザイードの言葉に、レイドックは衝撃を受ける。

（物言いには心底腹が立つが、たしかにあれはこの湿地帯の主だろう。ザイードの言っていることにも一理ある。あのヒュドラを倒せば、残りのヒュドラが連携を取ることはなくなる。だが……）

「貴様が問答している暇がないと言ったのだろう！　つべこべ言わずに戦え！」

ザイードは引かない。気絶させて運ぶわけにもいかない。

レイドックに取れる手段はなかった。

「……ぐっ！　兵士はザイード様をお守りください！　冒険者部隊は散開しろ！　ドラゴンと違

って動きがはやい！　遠距離攻撃に徹して、弱るまで近寄るな！　リザードマン部隊は冒険者をフォロー！　湿地帯ではお前たちが頼りだ！　守ってやってくれ！」

レイドックはすぐさま指示を飛ばす。

戦力にならない邪魔な兵士をザイードと一緒にまとめ、攻撃力の高い冒険者を火力とし、そのフォローに湿地に強いリザードマンを当てることで、最低限の機動力を確保する。

「それにしても、あの巨体でなんていう速度だ！」

足場の悪い湿地帯を、縦横無尽に駆け回るヒュドラに舌打ちした。

戦力を分散したことで、吹っ飛ばされる冒険者も多いが、ペアになっているリザードマンがすぐさま救い出し、ヒールポーションを使うことで、どうにか死者は出ていない。

固まっていたらまとめて吹っ飛ばされておしまいだったろう。

広く分散することで、ヒュドラは攻撃目標を絞りきれない様子で、イラついているのが見える。

（ここで殺るしかない！）

レイドックは剣を握りしめ、八ツ首のヒュドラに突っ込んでいった。

◆　◆　◆

さて、このときの俺といえば、そんなレイドックの苦労をつゆ知らずに、マイナと一緒にのんびりと過ごしていた。

マイナのお手伝いを暖かく見守りつつ、自分の仕事をこなしていく。

「……おっと、そろそろレイドックに通信を繋げる時間だな。マイナ、ちょっと待っててくれ」

「ん」

マイナを椅子に座らせ、俺は通信の魔導具を起動する。

通信の魔導具は、消費魔力が大きすぎることから、俺から発信しない限り通信できないようになっている。

基本的に俺からの一方通行なので、時間を決めて定時連絡を取るようにしている。

捜索チームのリーダーであるレイドックに、精神感応の許可を求める通信を出した。

そのときである、湿地帯の中心部方向から爆音が聞こえたのは。

「な、なんだ⁉」

俺はマイナを庇うように立ち上がる。

『クラフト！　聞こえるか⁉』

「レイドック⁉」

通信の魔導具で、レイドックが精神感応を許可したのだろう。

やつの見ている視界や音が、俺の脳へと流れ込んでくる。

信じられないことに、そこら中の木々が折れていて、めちゃくちゃに倒されている景色が脳内で見えた。

一瞬、レイドックが暴れた跡かとも思ったが、それにしても規模がでかすぎる。

……いや、ちょっと待て！

よく見たら、荒れた湿地のあちらこちらに、傷だらけの冒険者とリザードマンたちが転がっているじゃないか！

「なにがあった⁉　レイドック！」

『グッ……見えるか、クラフト……あの魔物が！』

共有しているレイドックの視界が遠くに向けられる。

視界の先まで、木々が倒れ、巨大な何かが通った跡なのは一目瞭然だ。

破壊跡の先に、黒く、巨大な何かがいる。

『クソ！　そっちに向かってやがる！　逃げるんだクラフト！』

「あれがさっきの爆音の正体かよ……！」

レイドックが睨みつける先にいたのは、暴走する巨大なヒュドラ。

それも、八ツ首八ツ尾の巨大ヒュドラだった。

木々をなぎ倒し、冒険者を吹き飛ばし、真っ直ぐに進む黒い巨体。

「レイドック⁉　大丈夫なのか⁉」

『こっちはかまうな！　なぜか急にそっちに向かって真っ直ぐ移動し始めた！　とにかく逃げろ！』

俺はレイドックと共有している視界を切って、音のしたほうに視線を向けると、近くの大木がめきめきと音を立てて倒れていった。

間違いない！　八ツ首ヒュドラがこっちに迫ってる！

「レイドック！　切るぞ！　なんとか自力で合流してくれ！」

『ああ！　今は逃げろ！』

大木が倒れる音が近づいてきていた。

俺は舌打ちしながら、通信の魔導具を切り、立ち上がりながらマイナを担ぐ。

「う？」

「すまん！　時間がない！　カイルたちと合流する！」

「……ん」

俺が荷物のようにマイナを脇に抱え、一緒に護衛しているキャスパー三姉妹とジタローを呼ぶ。

「みんな！　ドラゴン並みのヒュドラが来るぞ！」

「え？　ドラゴン並みのヒュドラですか？」

エヴァが首をかしげる。どうやらよくわかってないようだ。

「奥から聞こえてくる破壊音が近づいてくるのがわかるだろ!?」

「レイドック様が活躍しているだけではないんですか？」

まずい！

俺たちにとって、ヒュドラがたいした障害になってないのがあだになってる！

たかがヒュドラと、全員が油断しているのだ！

「とにかく今はカイルと合流して――」

指示を出そうとしたとき、ひときわ大きな破壊音が響く。

マングローブ林の一部が吹っ飛び、折れた枝と、大量の水が巻き上がった。

地面から吹き上がる水の壁となり、全てを打ち上げる。

水のカーテンの向こうから、巨大なヒュドラの頭が、ずるりと姿を現した。

「は、速すぎる……」

八ツ首のヒュドラは、ドラゴン並みの巨体だというのに、恐ろしい速度で俺たちの宿営地に到着する。

ずざざざざと、蛇の這うような音とともに、巨大八ツ首ヒュドラは宿営地のど真ん中へと滑るように割り込んできたのだ。

この時点で、マイナ組とカイル組が分断された。

ときに、背中を任せなきゃいけないって話

八ツ首巨大ヒュドラが、宿営地のど真ん中に出現した。

しかも、レイドックとジュララの連合部隊を振り切って。

俺は背中にぶわりと汗をかいた。

「全員！　これをヒュドラと思うな！　ドラゴンを相手にしていると思え！」

俺のオリジナルで、声を拡声させる魔法をつかい、宿営地中に警告を響き渡らせた。

魔力を喰うのが難点だが、今は贅沢を言ってられない。乱発は厳禁だが。

最低限の注意喚起はした！

ヒュドラの巨体で、見事に戦力が分断されてしまった。

宿営地は大混乱である。

八ツ首ヒュドラの巨体で遮られて、カイルの様子がわからねぇ！

どうする⁉　強行突破するか⁉

そのとき、俺のローブが引っ張られる。

はっとして振り向くと、マイナが今にも泣きそうな不安な顔で、俺のローブをぎゅっと掴んでいたのだ。

俺は冷水をかけられたかのように、頭が冷える。

そうだ。俺の役目はマイナを守ること！

「キャスパーたち！　ジタロー！　ここは逃げるぞ！」

あっけにとられていたキャスパー三姉妹とジタローがはっと顔を上げる。

「は、はい！」

俺たちが固まって逃げだそうとしたとき、八ツ首の一つがこちらを向きやがった。

そして吠える。

ギュガアアアアアアア！

大きく開いた口の中に、一軒家すら咬み砕けそうな牙がずらりと並び、先割れした赤く長い舌が不気味にうねっていた。

「ひぅ！」

マイナが真っ青になって身体を硬直させたので、俺は即座に抱え上げる。

どうやら、ヒュドラ野郎はマイナの姿を気に入ったのか、首の一つがこっちを凝視してやがる！

これは狙われるか⁉

俺は、でかい呪文で足止めするか、全力で逃げるか、わずかの時間だが考え込んでしまう。どれを選んでもろくな結果が思いつかない！

「クラフトさん！　逃げてください！　ここは私たちで足止めをします！」

叫びながら杖を構えたのはキャスパー三姉妹の長女、エヴァだった。

俺は目を剥く。

「な⁉　無茶だ！　他のヒュドラと同じに考えるな！　あのレイドックが倒せなかったんだぞ！」

レイドックの視界を共有した感じだと、ヒュドラのもっとも得意とする状況に偶然出くわし、連携をとれない状況で蹴散らされた感じだったが、エヴァに細かく説明する時間はない。

「レイドック様はどうなったんですか⁉」

「態勢を立て直してから合流するはずだ！」

打ち合わせをしたわけではないが、レイドックなら必ずそうする。

「なら、レイドック様が来るまで保たせます！」

「だが！」

「クラフトさん！　あなたが今しなければならないことはなんですか⁉　私は冒険者として、マイナ様の護衛を受けました！　私の最優先は護衛対象を守ることです！」

わかってる！　そんなことはわかってるんだよ！

だが、相手はドラゴン並みの魔物なんだぞ⁉

「大丈夫っすよ！　おいらもついてやすから！」

ひょいっと気楽な様子で弓を構えたのは、もちろんジタローだ。

狩人のくせに、俺たちにくっついて冒険しまくっているせいか、こと弓に関してはレンジャーの紋章持ちであるソラルに匹敵する腕をいつの間にか持っていた、お調子者である。

お調子者だが、敵の強さがわからない馬鹿じゃない。

きっと勇気を振り絞っているに違いない！

「カミーユさーん！　一緒に頑張りやしょうぜ！」

「……ん」

次女のカミーユにだらしない笑顔で近づいていくジタロー。

勇気……だよな？

そんな二人を無視して、エヴァがこちらに手を伸ばす。

「マナポーションをありったけください！」

彼女の瞳には決意が宿っていた。

そうだ。彼女は一流の冒険者。

俺がやるべきは、錬金術師としての仕事をすることだと思い出す。

空間収納からありったけの魔力回復薬(マナポーション)を取り出し、全てを渡す。

もっとも二〇本くらいしかないんだが……。

「ありがとうございます」

彼女は礼を言ってから、ヒュドラに向き直る。

エヴァはそのまま魔力を込めて、体内で魔術式を練り上げているようだ。

おそらく、全魔力を使ったでかい魔法を放つのだろう。

カミーユとジタローが、エヴァを守るように前に出て、ヒュドラに対峙する。

……。

それにしても、ヒュドラの動きはなにか妙に感じる。

八ツの首を四方八方に動かして、そこら中で兵士と戦闘をしているようだが、先ほどまでの素早さを駆使する様子がない。

なんとなく、人間を攻撃しているというより、追い払いたいようにも見えた。

見える範囲だが、兵士の一人も死なずにヒュドラと対峙しているのがその証拠である。

だが、問題は八ツ首のうちの一つだ。

はっきりと、その首は俺たち……いや、マイナに照準を定めている。

マイナの身を守るのが俺の仕事だ。ならばやることは一つだけ。

俺は奥歯をかみ砕くほど歯を食いしばったあと、叫ぶ。

「あとは任せた！」

「「ええ‼」」

マイナを抱えたまま、一目散に逃げ始めると、俺たちを狙っていた首が再び奇声を上げた。

それまで、ここが自分の陣地だとでも主張するように居座っていた巨大ヒュドラが、その巨体に似合わぬ速度でこちらに向かってくる。

それは、山のように巨大な船が、大河を切り裂いて迫ってくるかのごとく。

湿地の水を、空高くまで巻き上げ、木々をぶち折りながら、俺とマイナを追ってきたのだ！

「ひぅ！」

俺に抱えられたマイナが、後ろを振り向いたのだろう、その恐怖に声を上げ、涙をぼろぼろと流し始める。

（まずい！　追いつかれる！）

心の中で悲鳴を上げたのと同時に、魔力が走った。

それはエヴァの魔法！

「食らいなさい！　師より授かりし、最強最大の攻撃魔法！〝深淵の冥層氷獄牢〟！」

あの魔法は！

俺たちが開拓を始めたばかりの頃、オークの集団を見つけ、俺が一人で倒したときに使った魔法！

別名コキュートス！

あのときはオークどころか、あたりの森一面を凍りづけにした、A級冒険者の水系魔術師でも、使える者はほとんどいないという、超高難度の攻撃魔法！

コキュートスをまともに放てるなら、宮廷魔術師としてスカウトされるレベルの魔法である。

それを、エヴァは放った。

彼女の杖に纏う魔法陣をみれば、そうとう無理しているのがわかる。

だが、彼女の渾身の一撃は、たしかにヒュドラにダメージを与えることに成功したのだ。

湿地という地形が、このときばかりは味方する。ヒュドラの全身が、地面ごと凍りついた。

「凄いっす！　エヴァの姉さん！」

「まだよ！」

嬉しさでエヴァに駆け寄ろうとしたジタローが、彼女の叱咤でピタリと止まる。

エヴァはマナポーションを二本いっぺんに飲み込んだ。

……そうか。彼女も一本では回復しきらないのか。

実は俺やジャビール先生は、この伝説品質のマナポーション一本では、魔力が回復しきらない。

俺が知っている限り、二人だけだったのだが……。

もっとも、今のエヴァは命の危険を冒して、魔力を振り絞ったというのもあるだろうが。

びきびきびきと、氷が割れる音。ヒュドラとあたりを固めていた氷にひびが走ったのだ。

ばきん！

ガラスを割ったような甲高い音とともに、首が自由になった。

エヴァが静かにこちらに視線を向ける。

強い意志が宿っていた。

俺は大きく頷いて、走りだす。

背後から再び、コキュートスが放たれた音がした。

続く戦闘音。

だが、俺は振り返らない。喧噪を背中に置いて、がむしゃらに走り出す。

いつの間にか現れた、世界を覆う真っ白な霧の中へと向かって。

困ったときは、仲間が助けてくれるって話

俺は全力で宿営地を離れていく。

ヒュドラが運んできたかのようなタイミングで、濃霧が発生し、世界は白く染まることになった。

俺は牛乳を流し込んだような霧の中、湿地帯をでたらめに走り回り、どうにか戦闘音の聞こえない場所まで走り抜ける。

「はぁ……はぁ……」

スタミナポーションは飲んでいるが、限界を超えて走り続けていたので、少しばかり疲労を覚える。

抱えているマイナはとても軽いのが救いであった。

俺はあたりを見渡す。

湿地の外に向かって走っているつもりだったが、あたりの植生を見る限り、若干中央部に潜り込んでしまったようだ。

まわりの木々が先ほどより大きく、また林や森のような密度になっている。

まさかここまで感覚が狂うとは……。

肉体的な疲労はそれほど感じていないが、迷いの森に入り込んでしまったような感覚で、精神

が摩耗してしまっていた。

背後を振り返るが、八ツ首ヒュドラが追ってきている気配はない。

俺はまだしも、マイナにはそろそろ休憩が必要だろう。

「マイナ、もうちょい我慢してくれ。休めるところを探すから」

「……ん」

マイナが俺の袖をきゅっと握る。

俺はその感触に力をもらい、あたりを探索、人が数人潜り込めそうな根をもつ、巨大なガジュマルを見つけた。

「マイナ、あそこで休もう」

「……ぅ？」

湿地帯なので、当然、根の大部分は水に浸かっている。

マイナが変な顔をするのも当然だ。

だがご安心！

俺は空間収納に突っ込んである土嚢を、どかどかと根元に放り投げる。

あっという間に、簡易的なシェルターのできあがりだ！

まず、マイナを中に入れて、魔法で強引に服を乾かしてやる。脇に抱えていたとはいえ、湿地帯を走り回ったのだ。びしょびしょである。

俺自身の服も乾かしつつ、乾いた土嚢に上がり込むと、精神的なものかどっと疲れが出た。

土嚢と木の根のシェルターは以外と快適である。

「マイナ。大丈夫か？」

「……」

マイナの表情は暗い。

泣き止んでいるだけでも、上等だろう。

元冒険者の俺ですら恐ろしいと感じる魔物を目の前にしたのだ。その恐怖は尋常ではないはず。

「……寒い……です」

消えるような声でマイナが訴える。

「よし、待ってろ」

俺は空間収納から薪束を取り出し、火魔法で着火する。

すぐに大きな火が立ち、根の中を照らす。

ぱちぱちと小さく爆ぜる音と、炎の熱が身体を温め、緊張感が薄れていくのがわかった。

煙は風の魔法で外に出ないようコントロールしてある。

コントロールした煙は、その辺の水の中に溶かし込んでいるので、外に煙が出ることも、酸欠の心配もない。

マイナを心配していたが、ちゃんと自分のことをしゃべって、意思を伝えてくれたのが嬉しい。

もしかしたら、俺が思っているより、マイナは強い子なのかもしれない。

「マイナ、今からレイドックに通信をするから、これを食べててくれ」

水と保存食をマイナに渡して、通信の魔導具を起動する。

「レイドック。戦闘中か？　大丈夫なら精神感応してくれ」

カイルに繋げなかった理由は簡単だ。もし、逃げている途中だったりしたら、慌てると思ったのだ。

レイドックなら、どうとでもするだろう。

それにすでに合流してる可能性も高いからな。

『クラフト！　心配していたぞ！　無事か⁉』

ヤツの声を聞いて、俺はほっと安堵の息を漏らす。レイドックが無事なら、どうとでもなるからな。

「無事かどうかはなんとも言えん。カイルと……というか本隊とはぐれた。八ツ首ヒュドラの野郎が、宿営地のど真ん中まで突進してきてな。見事に分断させられた」

『怪我は⁉　それとマイナ様も大丈夫なのか？』

「ああ。マイナは大丈夫だ。食欲もある」

『そうか』

レイドックが安堵したのが伝わってくる。

「それで、ジタローとキャスパー三姉妹が囮になって、俺とマイナを逃がしてくれたんだ。……あいつら無事だろうか」

『それなら安心しろ。俺たちと合流してる』

「さすがレイドックだぜ。カイルとも合流できてるのか？」

『いや、俺と一部の冒険者でヒュドラの注意を引くのが精一杯だった。だが、そのあいだにカイル様は撤退された』

よかった。カイルのことだからレイドックたちを見捨てられないと、無茶な判断をしなかったんだな。

あいつはやはり凄いヤツだ。

『……ついでだが、ザイード様も救出している。今のところ無事だ』

レイドックの視界が動いて、ちらりとザイードに向く。

貴族然とした態度で、食事をとっているのが見えた。

……ま、死なれてるとカイルが悲しむからな。

だが、ザイードなどどうでもいい。問題はカイルだ。

「そうなると、カイルたちは無事なのか気になるな……」

『それなら確認してる。お前の師匠、ジャビールさんから通信の魔導具で連絡が来たんだ』

なんだって？　俺には来てないぞ!?　なんでレイドックにだけ！

『魔力的に複数へと連絡するのが大変らしい。お前からは放っておけば連絡がくるはずだからと言ってた』

俺の心の声が読まれたのか、レイドックが苦笑気味に教えてくれる。

そうか。そりゃそうだな。

カイルと一緒にいる有能な錬金術師が、魔力を無駄遣いする必要はないもんな。

『ああそうだ。先に俺に連絡があったら、クラフトに「通信をするならカイル様にではなく、私にするのじゃ」と伝えてくれと』

なるほど。カイルは忙しいだろうから。さすが先生である。

「カイルたちの様子は？」

俺がそう口に出すと、それまでもむもむと保存食を咥えていたマイナが、顔を上げる。

『全員無事だ。けが人は続出したらしいが、現在は距離をおいたところで態勢を立て直しているらしい』

「よかった」

俺はマイナに笑顔を向ける。

「全員無事だそうだ。一応ザイードもな」

「……ん」

ようやく、マイナが少し笑みを見せてくれた。

やっぱり強い子だな。この子は。

『だが、問題がある』

「なんだ？」

『カイル様の部隊だが、霧のせいで、完全に方向を見失ってるらしい』

俺と一緒か。

「こっちも同じだ。外周に向かって逃げたつもりで、中心部に足を踏み入れちまったらしい」

『なんだと？　まずいな……』

「なにがまずいんだ？」

『中央部のヒュドラは強さの桁と、数が違う。お前とマイナ様は二人なんだろ？　この地形と霧の中じゃ、移動すら危険だ』

逃げ回っている間、散発的にヒュドラに出くわしたが、たしかに首の数が多い個体が多かった。大群に出くわさなかったのは運がよかっただけらしい。

「レイドックは自分の位置を把握してるのか？」

『ああ。といっても八ツ首ヒュドラをギリギリで監視できる位置って程度だけどな』

「十分凄いだろ。ヒュドラの様子はどうなってる？」

さすがレイドックである。

『今からソラルと斥候に出る。三〇分たったらもう一度通信を繋げてくれ。お前も直接見たほうがいいだろう』

「わかった。無理するなよ」

『任せろ』

つまりヒュドラとは、隠れながら進んで三〇分程度の距離に冒険者とリザードマンの合同部隊が控えているのだろう。

俺はレイドックとの精神感応を切って、ジャビール先生に通信を飛ばした。

家族は絶対に、守ってやるって話

「ジャビール先生、クラフトです。大丈夫なら精神感応をお願いします」

レイドックと連絡を終えた俺は、すぐにジャビール先生に通信を飛ばす。

先生はすぐに応答してくれた。

『おお、貴様か。待っておったのじゃ』

先生の返答とともに、彼女の視界が共有された。

乳白色に染まっているのは同じだが、カイルやアルファード、ヴァンの姿が見える。

「よかった。ご無事のようですね」

『うむ。危ないところじゃったが、レイドックら冒険者たちが来てくれての。ヒュドラを引きつけてくれたおかげで逃げられたのじゃ』

俺は安堵の息を吐く。

さすがレイドック頼りになるぜ。

『じゃが、この霧で方向を完全に見失ってしまっての。現在は野営しておる』

「レイドックから聞きました」

『マイナ様はご無事かの？』

「はい。一緒です」

俺の視界は見えているだろうが、言葉にすると先生が安心した。

『ちと待つのじゃ』

先生がカイルを呼び止める。

『カイル様。今クラフトとつながっておるのじゃ。なにか伝えることはあるかの』

先生の言葉に、カイルが跳ねるように顔を上げ、駆け寄ってくる。

『よかった！　ご無事だったのですね！　クラフト兄様！　マイナは大丈夫ですか？』

「ああ。怪我一つない」

ジャビール先生がすぐに俺の言葉を伝えてくれる。

カイルとも精神感応してしまえばいいが、魔力がごっそり持っていかれるから、このまま先生に伝えてもらう。

『よかったです』

張り詰めていたカイルの表情が、明らかに和らぐ。

「それでカイル。これからどうするつもりだ？」

『撤退と退治で意見が分かれています。どちらにもリスクがありますから』

「そうだな」

カイルたちが撤退すれば、俺とマイナ。それにレイドックたちが追い詰められることになる。

まぁレイドックの部隊であれば、強行突破も可能だろうが。

逆に八ツ首ヒュドラを退治できれば、全員が合流できる。

一長一短だな。

『レイドックさんに、ヒュドラの偵察を頼みました。その様子を確認してから結論を出そうと思っています』

「そうだな。どのみちこの霧だ。慌てないほうがいい」

カイルはしっかりと指揮官をやっているらしい。さすが俺の弟。

『クラフト兄様、レイドックさんと相談して、意見をくださると助かります』

「もちろんだ」

軽い情報交換をしたあと、ヒュドラの状況を見極めてから、結論を出すことに決めて、通信を終えた。

「よかったなマイナ。カイルは元気で、兵士も全員無事だったぞ」

「……うん」

安心したのか、マイナが俺に寄りかかってくる。

俺はローブでその身体を覆って、頭を撫でてやった。

「さて、そろそろレイドックに連絡をとらないとな」

「ん」

俺は、通信の指輪に魔力を流し込む。便利なのだが大量に魔力を消費するので乱用できないのがつらい。

特に今は、いつ何が起こるかわからない状況だ。マナポーションもエヴァに全部渡してしまったしな。

「レイドック、問題なければ繋げてくれ」

『ちょうどいいタイミングだ、クラフト。俺の視界は見えるか？』

「ああ」

脳内に、レイドックの視界が浮かび上がる。

ソラルと二人で茂みに隠れているようで、遠目に巨大なヒュドラの姿が見えた。

本来八ツ首のヒュドラなど、レイドックにとっては瞬殺対象なのだが、このヒュドラは雰囲気からして別格。

サイズといい、オーラといい、ドラゴンに匹敵するのは間違いないだろう。

「しかし、なんでこいつは宿営地のど真ん中を動いていないんだ？」

『よく見ろ、首の一つを』

俺は目を細めて（意味はないが）よく観察する。

「あ、放棄された食料を漁っているのか？」

ヒュドラが居座っているのは、ちょうどマイナと一緒にいた、食事の準備をしていたあたりだ。

いや、飯も漁っているようだが、ヒュドラが首を突っ込んでいるあの樽は……。

「酒か！」

『やはりそうか。あのヒュドラ野郎、ずっとあの樽に首を突っ込んでんだよ』

「魔物の中には、酒が好きな種類がいるが、ヒュドラもそうだったのか」

衝撃の事実だな。

レイドックも頷いている。

『案外、ヒュドラがまれに人の村を襲うのは、酒のためだったりしてな』

「ありえる話ではあるな」

リーファンの住んでいた村も、ヒュドラの大群に襲われて滅んだ。

スタンピードが起きたと推測していたが、もしかしたら酒が目当てだった可能性もあるのか。

鉱小人（ドワーフ）や土小人（ノーム）は酒好きらしいからな。

今考えてもしょうがないことか。

「それにしても八ツ首ヒュドラのやつ、舐めるように酒を飲んでやがるな」

『飲み終わるまで時間が稼げそうで助かるが……どうする？』

どうするとは、退治かカイルを撤退させるかを聞いているのだろう。

「この霧が晴れるなら、全員がバラバラに逃げる手もあるんだが……」

『まるであの八ツ首が霧を運んできたみたいだな。そうだ、あのヒュドラだが、例の黒い植物を喰ってた』

「……なに？」

ドラゴンが定期的に食べ、コカトリスも食べていた謎の植物か！

『そのあたりは、後日話そう。ただ、油断できない相手だってことを伝えたかった』

「ああ」

黒い植物の謎も気になるが、今大事なのは、あのヒュドラをどうするかだな。

「……少し考えたい。魔力がもったいないからいったん切るぞ。あとで連絡する」

『了解だ。俺はもうしばらく様子を見てから、部隊に戻る』

「わかった」

レイドックとの精神感応を切る。ヒュドラの動向が判明したのは大きいだろう。

それにしても酒か……。強力な催眠薬でも仕込んで飲ませられないものか。

討伐か、撤退か。

だが、現状では撤退のほうがリスクが高いだろう。

できれば討伐する方向性でいきたいが、あのヒュドラは強い。

しかし戦うとなると、問題は立地と準備だ。

ドラゴン戦は徹底的な準備と訓練をしていたが、ここはヒュドラのテリトリー。

しかも、あんな大物に対する準備はしていない。

退治するにしても、なにか決め手が欲しい。

そんなことを考えていたら、マイナがマントを引っ張ってきた。

「……ああ。レイドックと、このあとどうするか考えていたんだ。無言ですまなかったな」

俺がマイナの頭をぽんぽんと撫でると、少し表情が和らぐ。

マイナは不安なのだ。今、彼女が頼れるのは俺だけなのだから、もっと気を配ってやらないとだな。

とりあえず、なにか話でもしてやったほうがいいだろう。

なにか面白い会話はないかと、あたりを見渡しても、牛乳をぶちまけたかのような濃霧しか見えない。

だから、俺はなにも考えずに、ポロッと言ってしまったんだ。

「……まるでおとぎ話に出てくる、魔女の森だな」

うかつだったと思う。

俺のつぶやきに、マイナがびくりと身体を震わせて、顔を歪める。

「魔女……森……帰れ……ない……ひっく」

そして、今までの我慢が決壊したように、大粒の涙をぽろぽろと流し始めてしまったのだ。

「あああ！　すまん！　そういう意味じゃないんだ！　大丈夫だ！　俺が絶対なんとかしてやる！」

本当に俺は馬鹿か！　守るべき者を不安にさせてどうする！

「まも……る？」

マイナが顔を上げ、こちらにすがるような視線を向ける。

「ああ！　カイルもマイナも、俺が絶対に守ってやる！　約束する！　だから泣かないでくれ！」

「……」

マイナはひっくひっくと、喉を鳴らしていたが、俺にしがみついて、ゆっくりと呼吸を整えていく。

「不安にさせて悪かったな。こんな霧も、あのヒュドラも、俺たちがどうとでもしてやるさ！」

それは虚勢でもあったが、頼りになる仲間がいるのだ。絶対にどうにかなるという謎の自信もあった。

本心から言っているのが通じたのだろう。マイナは少しずつ落ち着いていく。

「……ずっと？」

ぽそりとマイナがつぶやく。

「ああ！　ずっと守ってやるとも！」

力強く宣言してやると、マイナはゆっくりと頷いた。

「……ん」

どうやら不安は取り除けたようだ。

だが、まだ涙は止まらない。

「だから泣き止んでくれよ……」

そっと、彼女の頬を流れる涙を、指ですくった。

左手で。

彼女の涙が、黄昏の錬金術師の紋章へと落ちる。

そのときだった。

例の、紋章から知識が電撃のように流れ込んできたのは。

「なっ⁉」

「……？」

紋章の囁きと呼ばれる、新たな知識の本流に、軽いめまいを覚えるが、そんなのはどうでもいい。

重要なのは、マイナの涙だ。

俺は囁きの知識を確かめるべく、マイナの涙に鑑定を使った。

聖女の涙。

それが、マイナの涙の名称であった。

▼誤解って、自分じゃなかなか気づけないって話

──聖女の涙。

マイナの涙が、紋章の上に落ち、はじけると同時に脳裏に素材としての利用法や錬金法が頭に流れ込む。

「こ、これは……」

マイナが不思議そうに俺を見上げた。

まだ、止まりきっていない涙が彼女の頬を伝っている。

俺は慌てて空の試験管型ポーション瓶を取り出し、マイナの……聖女の涙をすくい取った。

「……う？」

「ああ、突然びっくりしたよな。俺もびっくりしてるけど」

「……なに？」

たぶん、なんで涙を採取してるんだ的な質問を投げかけられたんだと思う。

至極まっとうな感情だろう。

いきなり涙を試験管に取られたら、誰だってびっくりする。

「えーと……なんて説明しようかな？」

できるだけ簡単に、わかりやすく伝えよう。

しばらく考えて、俺はこう言った。

「マイナ。お前は聖女だ」

うん。わかりやすい！

自画自賛だな！

「……ん……う？　……はぅ⁉」

これ以上ないってほど、簡単に説明したのに、マイナは顔を真っ赤にして頭をせわしなく動かし始めた。

あれ？

ここは「わーい！　私って聖女だったんだ！」って喜ぶところでは？　まぁ、マイナがそんな風に喜ぶとは思ってないが。

「はうっ！　はうっ！」

ばたばたと手を振って、顔を真っ赤にして、左右を見て、また俺を見て、さらに顔を赤くする。

……あれ？　なんか伝わってない？

「いいかマイナ。誤解がないように言い直すぞ。これから先お前が泣いたとき、その涙は全て俺が拭ってやる！　なんたって、お前は俺の聖女だからな！」

あ。俺のじゃなくて、俺たちの聖女か。

まぁ、ちょっとした言い間違いだ。

ようは、マイナが聖女であることと、涙に特別な力があることが伝われぱいい。

おそらくだが「聖女」という「紋章」があるのだろう。

黄昏の錬金術師の紋章と同じで、きっとレアな上位紋章だと予想できる。マイナはその紋章の適合者で間違いない。

そして聖女の涙は、錬金素材としてとてつもなく貴重だ。

ドラゴンの素材でもないのに、万能霊薬エリクサーすら作れる。

さらにレアな霊薬なんかも作れるのだが、マイナの涙は止まってしまった。もったいない。もうちょい欲しい。

いやいや！

マイナが元気になるほうが重要だろう！

反省。

それにしても……なんでマイナはさっきから、百面相を繰り返してるんだ？

しまいには、なんだかニヤけたまま、俺をポコポコと殴り始める。

まったく痛くないけど。

「うー……クラフ……兄様……ばか」

「お、おう。馬鹿なのは自覚してるぜ」

なんか急にディスられた。そんなに頼りないかね、俺って。

若干凹むが、気を取り直して、現状を打破するために思考を巡らす。

聖女の涙は非常に優秀な素材だ。

中でも今回、ヒュドラに対して切り札たりえる品を錬金できる。

現状ではどうやってそれを使うか、まだ考えがまとまっていないが、いつ事態が動くかわからないのだ。

俺はとにかく、その切り札を錬金することにする。

「マイナ、ちょっと作業するぞ」

「……ん」

先ほどまでの不安な顔はどこへやら、終始照れたようにニヤけっぱなしのマイナが、ようやく俺を叩くのをやめてくれる。

聖女ってのは嬉しいけど照れるのだろうな。

俺は錬金釜を、空間収納から取り出し設置する。

今回は珍しく持ってきたのだ。

マイナが面白そうに俺の作業を眺めている。

元気になったのならよかった。

さらに貴重な中間薬や、素材を取り出していく。

「……大丈夫だ、材料は足りるな」

最初に作るのは、聖女の涙を使った中間薬だ。

貴重な素材を惜しげもなく釜の中に放り込み、最後に先ほど採取した聖女の涙も加える。

錬金釜に手をかざし、魔術式を構築。魔力を込めて、錬金魔法を発動させた。

「〝錬金術：神聖九九九番錬金薬〟」

魔法陣が釜を包むように輝き、一気に魔力が流れ込む。

ぼふんと、煙があがり、完成した。

尋常ではない神聖力が込められた中間薬が。

この中間薬を、さらに別の中間薬や素材と錬金することで、様々な錬金薬を作成するのだ。

神聖九九九番と名付けた中間薬を少し取り分け、すぐに別の中間薬や素材を放り込む。これまた貴重な素材のオンパレードだ。

かかった費用は、あとでゴールデンドーンの予算から出してもらえばいいのだが、金を出してもなかなか手に入らない素材が多いのがネックだろう。

しかし自重はしない。後先考えずに、全部突っ込んでいく。

真の強敵を相手にしたとき、金のことを考えたヤツから死んでいくからだ。

俺は準備を終え、切り札を錬金する。

釜が再び魔法陣に包まれ輝いた。

釜の中に、琥珀色の液体が満たされる。ちょうど樽一つ分くらいだろう。

俺は慎重に樽に切り札を移す。

残った神聖九九九番中間薬で、ちょうどエリクサーを一つ作れるので、ついでに錬金しておく。

万能霊薬エリクサーは、死んでさえいなければ、病気や怪我を完全に治療することができる凄い薬だ。なんと中度の呪いすら治すことができる。まさに万能薬だ。

ちなみに塗り薬で、しかも食べると美味しいことはあまり知られていない。

エリクサーを小瓶に詰めていると、マイナがちょいちょいとマントを引っ張ってくる。

「なんだ？」

「……これ、なに？」

マイナが指しているのは、切り札の入った樽だ。

俺はニヤリと笑って答えてやる。

「それは、〝神酒（しんしゅ）〟だ」

俗に御神酒（おみき）と呼ばれる、一般的なお供えものとはまったく違う。聖なる力の込められた、本物である。

◆　◆　◆

神酒を改めて鑑定。

この琥珀色をした酒は、主に神事に使うものだ。

どんな神事にどのように使うかは、神官の紋章持ちや、教会の偉いヤツでもなければわからないが。

それだけなら、たいへん貴重ではあるが、ただのお供えものである。

しかし、この神酒には別の凄い効果があるのだ。

それは「一部の酒好き魔物は神酒を飲む欲求に抗えない。そして神酒を飲んだ魔物は、極度に酩酊する」という効果だ！

あの八ツ首ヒュドラは間違いなく酒好きだ。絶対に神酒の誘惑にかなわないだろう。

いかに強大な魔物といえど、酔っ払ってしまえば敵ではない。

いつもの軽いノリで、さっくりと退治してくれるわ！

勝利を確信して、気持ちが軽くなったせいか、鑑定で判明したもう一つの事実が気になってしまう。

どうやらこの神酒「とてつもない美酒」らしいのだ。

実は、さっきからずっと、樽から芳醇な香りが漂ってきている。

ゴクリと喉が鳴った。

「ま……まぁ一口くらい味見しても……」

柄杓（ひしゃく）で一杯だけ。

樽いっぱいあるんだから、このくらい大丈夫と、自分に言い訳しながら、一口飲み込む。

ほわあああああああああああ！

芳醇な香りが鼻腔を突き抜け、優しく喉を焼き、胃袋を幸せに焼く！

とても柔らかい口当たりなのに、余韻を残さぬ切れ味！

あああああ！　幸せが口の中から消える！

も！　もう一口！

酒を啜れば、幸せが再び訪れる。

「あああ……これが……神酒……」

すでに美味さを言葉で表現するのは諦めた。

とにかく……美味ぃ。

そして、すーっと、味が消えていく。

「も、もうちょっとだけ……！」

だ、大丈夫！　まだまだたっぷりあるから！

夢中で柄杓を動かしていると、マイナに強くマントを引かれ、はっとする。

正気に返ったのは、五杯目を飲み干したときだった。

「これはなんていうか味見というか、テストと言うか……」

そこで俺は言葉を切って、思いっきり頭を下げた。

「ごめんなさい！　お酒に夢中になっておりました！　反省します！」

ちらりと、視線を上げてマイナを覗き見ると、半目で俺を見下ろしていた。

めっちゃ呆れておられる！

俺はぺこぺこと頭を下げまくった。コメツキバッタのように！

ううう……なんかさっきから、マイナに幻滅されることしかしてない気がするぞ……。

俺は猛烈に凹みつつ、レイドックに通信を飛ばした。

準備不足でも、泣き言は言わないって話

完成した神酒は、レイドックに渡して、彼らに使ってもらうのが一番いい。

理想としては、レイドック部隊が隠れた状態で、ヒュドラに酒を飲ませ、その酔っ払い度合いを確認してから、一斉に襲いかかるのが確実だろう。

なので、まずレイドックと合流するのが優先だ。

合流できれば、倒す以外の選択肢もとれるからな。

とにかく、どうにか合流し、酒を渡す。

「よし。この方向性でレイドックと相談だな」

そんなことを考えながら、レイドックに精神感応の通信を飛ばす。

「レイドック、今大丈夫なら精神感応を――」

『クラフト！　なにをした⁉　ヒュドラ野郎、真っ直ぐに突っ走り始めたぞ！』

許可を求めるまでもなく、速攻で通信がつながると同時に、レイドックの怒声が響いた。

お互いが精神感応したことで、レイドックの視界も脳裏に再生される。

レイドックは走っているらしい。

その視線の先。

巨大八ツ首ヒュドラが木々をなぎ倒し、水しぶきを上げながら、真っ直ぐに爆走している後ろ

姿が見えた。

「なんだありゃ⁉」

『こっちのセリフだ！　お前がなんかしたんじゃないのか⁉』

レイドックは即座に俺の仕業だと思ったらしい。

悲しい！　まるでいつも俺がやらかしてるみたいじゃないか！

まぁ、やらかしたっぽいんだけどね！

「思い当たることが一つだけある。ヒュドラが好きそうな酒を錬金した……」

『なにをやってるんだこの馬鹿！』

いやいやいや！

いくらなんでも、この濃霧の中で、離れた魔物が走り寄ってくるほど強烈だとは思わなかったんだよ！

匂いか？　匂いなのか⁉

『なんでそんな酒を造った⁉　なにか考えがあるんだろうな⁉』

レイドックは冒険者とリザードマンの部隊に指示を飛ばしながら、俺にも怒鳴る。

レイドックのあとに、部隊が続いて走ってきているのだが、なぜかザイード部隊も一緒についてきていた。

どうでもいいな。

「この酒なんだが、魔物が飲めばかなり酔っ払うらしい！　お前に渡して使うつもりだったんだが……」

チッとレイドックの舌打ちが小さく響く。

『そうか……。ヒュドラのあとを追うのは簡単だが、引き離されてる！　お前たちがどの程度離れているかわからんから、追いつくまでどのくらいの時間差が出るかわからんぞ⁉』

「なんとか時間は稼ぐ！　できるだけ急いできてくれ！」

八ツ首ヒュドラが真っ直ぐに酒を目指しているなら、これを置いておけば勝手に時間稼ぎになるだろう。

さらにヒュドラの通ったあとは、竜巻が通りすぎたのと変わらない。この濃霧でもレイドックたちが道を間違えることはない。

『ソラルとジタローがカイル様を捜索してる。見つかったら俺たちの場所まで移動してもらう手はずになってたんだが……』

「この霧の中で、場所がわかるのか？」

『ソラルなら時間をかければ、カイル様を見つけ出せる。お前たちと違って部隊だからな。さらにレンジャーの能力で、自分が通った道を覚えていられるから、カイル様の部隊と一緒に、俺たちが待機していた場所に連れてきてもらう作戦だった』

なるほど。レンジャーの紋章に、そんな能力があるのだろう。

その能力なら、宿営地まで戻って、そこからカイルたちの痕跡を追えばいい。

合流したら、今来た道を戻れば、宿営地を抜けて、レイドックが隠れていた場所に戻れる。

なら、カイルたちは放っておいても大丈夫だな。

しばらくそこで待ちぼうけになっていてもらおう。

ヒュドラを倒してから合流すればいい。

「時間がない。俺はすぐに準備をする！」

『ああ！　無理はするなよ！』

「今しないでどうするってんだ！」

『……そうだな。死ぬなよクラフト』

「その前に助けてくれよ」

通信の魔導具に魔力を流すのをやめる。

俺の身体に残された魔力は半分ってところか。マナポーションを一本くらい残しておけば……

いや。その一本がエヴァたちの生死を分けている可能性もあるんだ。贅沢は言うまい。

魔力は時間と共に自然回復していくものだが、一度戦闘に入れば、自然回復量だけで戦うのは難しい。

マイナが不安げに俺に顔を向けた。

レイドックとの会話を聞けば、事態は通じているだろう。

「マイナ。よく聞いてくれ。あのでかいヒュドラがこっちに向かってる」

「……黒……い」

「そうだ。あの黒くてでかい八ツ首ヒュドラだ。時間がない。俺は今から準備をする。マイナはここを絶対動かないでくれ」

「……え？」

俺はマイナの返事を待たず、錬金硬化岩を使って、今いる根っこ部分を強固なシェルターと化す。

魔力で強引に乾燥させたので、魔力をほとんど使い切ってしまった。

入り口は俺がくぐれるぎりぎりの狭さだ。

これなら、もしヒュドラに気づかれても、顔を突っ込まれるようなことはない。

錬金硬化岩の硬さは折り紙付きだ。

なにかあっても、簡単に壊されることはない。もっとも、そうならないよう立ち回るのが、俺の役目だが。

念のため保存食や水をシェルターの隅に積んでおく。

ちらりとマイナを見る。

俺は絶対に守ると約束した！　マイナにも！　カイルにも！

「少しだけ、待っててくれ」

俺が出口をくぐろうとしたら、マイナがマントをひっぱってきた。

いつもより、かなり強く。

「……かないで」

行かないで。

ああ、そりゃそうだろう。こんなところに一人で残されるのは不安だろう。

俺だって一緒にいてやりたい。

でも、だめだ。

レイドックたちが合流するまで、ここが見つからないよう俺が時間を稼がなきゃいけない。

「……マイナ」

「……」

マイナがぽろぽろと涙をこぼし始める。

もちろん、それを採取したりはしない。しないぞ？

じっとマイナを見つめる。

俺はゆっくりと、腰に結んであった、人形を取り出した。

一見すると、体中つぎはぎだらけ、怪我だらけに見える、ウサギの人形だ。

マイナが一生懸命、手を入れてくれたものである。

「マイナ。少しの間、これを預かっててくれないか？　必ず取りに戻る。大事なもんだからな」

「……これ……」

「俺と一緒に冒険してきたこいつと一緒なら、さみしくないだろ？」

マイナが人形をじっと見て、俺をじっと見上げる。

唇がきゅっと閉まる。

「……ん。待ってる……」

きっと、歯を食いしばって、その言葉を出してくれたのだろう。

マイナは、俺が思っていたより、はるかに強い子だった。

「……から。ずっと……守っ……て」

ああ、そうだな。

その約束をしたら、絶対生きて帰らないとだもんな。

「ああ。約束だ。絶対戻る」

「……ん」

マイナの頭をぽんぽんと撫でたあと、俺はシェルターを出る。

念のため、入り口を枝で偽装。

さらに、魔物には判別がつかないような方法で、いくつも、誰かがここにいることがわかるような目印を、シェルターまわりにたくさんつけておいた。

俺は、シェルターの位置を見失わないぎりぎりまで離れて、深い霧を睨みつける。

魔力はほぼ枯渇。

仲間はなし。

視界最悪、足下湿地。

「く……くくく……」

なぜか、喉の奥から笑いが漏れた。

状況が悪すぎて、笑いしか出ない。

だが。

「だけど……約束したからな。絶対に生きて……守り抜いてやる！」

決意を、叫んで。

◆◆◆

「……」

俺は、樽を二つ少し離して置いた。

中には半分ずつ、神酒が入っている。

豊満な香りがあたりに漂っていた。

樽の周辺だけ霧が薄いようにも見えたが、さすがに気のせいだろう。

樽が見える位置で、俺は身体がギリギリ入れられる木の根に潜り込み、じっとしていた。

「……」

つまり、ただ待っているだけだ。

こう、うんこ座りで。

「……かっこ悪いとか言うなよ」

ヒュドラが来るまで、やることなんて隠れる以外、なにもないからね！

シリアスってなんだっけ？

▼びびってちゃ、戦えないだろって話

俺が木の根に隠れて、少々時間がすぎる。

もしかしたら、ヒュドラは見当違いのほうに進んでいるのではと、淡い希望を抱き始めた頃、地平の先から、木々をなぎ倒す音が響いてきた。

いきなり霧が濃くなって視界が悪くなる。おかげでヒュドラの姿は確認できないが、音と振動が近づいてくることで、ヤツが来ていることを確信する。

湿地の樹木が、あっという間に濃霧に沈む。

不思議なことに、神酒のまわりだけ、霧が薄い。

（もしかしたら、この霧はあの八ツ首ヒュドラが原因なのか？　神酒だから魔を退けているのかもしれないいな）

神酒を中心とした一角だけ、ぽっかりと霧が薄いのだ。

そこに突然、にゅっと巨大な蛇の頭が伸びてくる。

（……でかい！　落ち着いて見るとなおさらでかさを実感するぜ！）

いつの間にか、ヒュドラが木々をなぎ倒していた爆音は消えている。

逆に、神酒の入った樽にゆっくりと近づいていくヒュドラは、その巨体でどうやってと言いたくなるほど、まわりの木々を倒さず、ぬるりと姿を現したのだ。

八つの首が四つずつに分かれ、仲良く二つの樽をのぞき込んでいる。

八つの舌がうねうねと樽のぎりぎり手前で揺れている。

(兵士用の安酒を飲み散らかしていた姿とはえらい違いだな)

ヒュドラの野郎、酒が良いものだとわかるらしく、よだれをだらだらと垂らしている。

どことなくイヤらしい目つきで、ねぶるように樽の周囲に集まっていた。

味わって飲もうという意思が、めっちゃ伝わってくる。

(飲んべぇか！)

しばらくすると、八ツ首のうち、二つの首がゆっくりと、樽の中身に近づいていく。残りの首は「絶対に邪魔はさせん」と決意したようにキリリとあたりを警戒し始めた。

(飲んべぇか！)

それにしても、首が八つあるわけだが、どの首が飲むとかで喧嘩せんのか？

少しばっかり期待してたんだが……。

残念ながら、ヒュドラ的には、どの首が飲んでも問題ないのだろう。きちんと役割分担している。

そしていよいよ、ヒュドラが長い舌で器用に神酒を啜る。

そのままもっと頭を突っ込んでくれ！

そうしたら……。

だが、その巨体がぴたりと動きを止める。

周囲を警戒していた六つの首もだ。

しばし、謎の時間がすぎ……、突然ヒュドラが吠える。

モギャアアアァァァァァァ！

(どんな声よ⁉)

思わず声に出して突っ込みそうになるほど、気の抜ける声だった。

そして八ツ首全部が、こう、なんとも締まらない、気の抜けた表情をしてやがる……。

ああうん。美味いよなそれ……。

なんていうか、減っていく神酒に比例して、心の底からヒュドラに対する敵対心があふれてくる。

(あいつは……敵だ！　許せん！　レイドックはまだか！)

ぜひともレイドックに切り刻んで欲しいところだが、この意地汚い、飲んべぇの八ツ首ヒュドラがどれほどの速度でここまで来たのか、レイドックが追いついてくる様子はない。

(だが、このまま酔っ払ってくれれば、あとは待つだけ……)

俺は安心しかけて、そして内心でしまったと叫ぶ。

自らフラグを立ててどうすんだよ⁉

ギャアオゥアアアゥオオオウ！

案の定！　ヒュドラの野郎に！　気がつかれた！

舌打ちしながら、隠れ場所を飛び出す。

どうやらお楽しみタイムを邪魔され、ご立腹らしい。怒り狂ってるのが手に取るようにわかるぜ！

「……へっ！　上等！　こちとら冒険者時代にゃ、実力に見合わない格上と戦いまくってたんだ！　今さら蛇ごときにびびるかよ！」

嘘です。内心びびってます。

だって、こんなにでかくて黒くて八本もあるんですよ⁉

一瞬で陵辱……いや、蹂躙されるわ！

だが、口を出る言葉は正反対のこと。

「魔力はほぼ空っぽ！　攻撃魔法なんて絶対無理！　魔術師としてはまったくのゴミ状態だが……」

俺はあえて顔を上げ、ニヤリと不敵に笑ってやった。

「見せてやんよ！　錬金術師としての戦い方をな！」

俺が騒いでるのが気になったのか、しばらく動きを止めていたヒュドラだったが、俺が敵対の意思を示したのは伝わったらしく、首の一つが真っ直ぐにこちらに向かってくる。

「頭だけで一軒家くらいありそうだな！　でも脳みその量はどんだけだ⁉」

俺はあらかじめ予定していた、大木の裏に飛び込む。

（さあ！　思いっきり頭をぶつけやがれ！）

勢いのついたヒュドラの頭は、真っ直ぐに大木へ激突！

――すると思っていた。

だが、その大きさに似合わず、速度も殺さずに、大木の幹をぬるりと沿うように、回避してきたのだ。

「なっ……ぐあっ！」

全身に衝撃が走る。

視界が回転。世界が回っていた。

突っ込んできたヒュドラの首に頭突きをされたと理解したのは、地面に転がって、血反吐を吐き出したときだ。

全身の骨がイカレた。

おそらく折れた骨が内臓を突き破っている。

つーか、左足がもげて、近くに転がっていた。

（クソ痛ぇ！）

人間というのは、強い痛みを感じると、全身の筋肉に思いっきり力が入り、硬直する。

タンスの角に足の小指をぶつけて、全身の筋肉がぎゅっと締まって動けなくなったことはあるだろ？

俺が今感じているのは、その数十倍の痛みと硬直だ。

おまけに胃から血がこみ上げてきて、呼吸もできないときてる。

普通に考えたら死ぬ。

死ぬ一歩手前だ。

（……動け！　動け！）

ヒュドラの野郎、俺が動けないと知っているのか、首をゆっくりとこちらに向けている。ただ、神酒の入った樽から離れたくないのか、動きは緩慢だ。

（それが油断なんだよ！）

気合いで、ポーション瓶に触れる。

幸い、錬金術に関係するものなら、魔力の消費はごくわずか。自然回復した魔力で事足りる。

ポーションベルトに差していた、ヒールポーションの瓶が割れて、中身が身体に降りかかる。

そして「じゅおおおおお」と蒸発するような音と、煙とともに、身体の痛みが一気に引いていく。

「……伝説品質のヒールポーション――」

一本だけでは治療しきれなかった。だが、動くには十分なほど回復している。

さらにもう一本を、今度は飲み込む！

「なめんじゃねぇぞ！」

ヒールポーションは、ふりかけても効果があるが、飲むのがもっとも効果が高い！

一気に内臓と骨格が形成され、元通り！　ちぎれた足以外はな！

残念ながら、ヒールポーションに、欠損部分の修復能力はない。

それにはもっと上位のポーションが必要。

もちろん、伝説品質とはいえ、俺のヒールポーションもそこは変わらない。

なのだが……、俺の作る伝説品質のヒールポーションには、ちょっと凄い特徴がある。

実は、身体の部位を欠損しても、その直後で、かつ欠損部分が大まかな原型をとどめている場合、くっつけることが可能なのだ！

俺はちぎれていた左足をむんずと掴み、傷口同士を合わせる。

「……ぐっ！」

再び激痛が走ったが、無視！

三本目のヒールポーションを傷口にぶっかけると、白煙が上がり、見事に足はくっついた。

念のため、血の代わりとばかりに、スタミナポーションをがぶ飲み。

「へっ！」

口を拭って立ち上がると、ヒュドラが呆れたような視線を向けていた。

俺が飛ばされた方向……その先にはマイナが隠れている。

これ以上は絶対に進ませない！

ヒュドラは神酒をほとんど飲み干しているようだが、底に残っているわずかな量を舐めるのに忙しいらしい。

つまり、家のようにでかいヒュドラの頭が、樽を中心に、ほぼ地面の上にある。

俺は隠し持っていた糸巻きをポケットから取り出す。

作ったはいいが、特に使い道がなかった〝魔力伝達糸〟だ。

効力は微量の魔力を伝えるだけ。

テストしたときは、まともに魔力を流そうとすると、あっという間に負荷に耐えられず崩れ去ってしまったので、お蔵入りしていたのだ。

だが、今は、その微量の魔力を伝えられれば十分！

糸巻きから伸びる先は、二つの樽の底だ。

樽の下に埋めておいたもの……それはもちろん〝魔力爆弾〟に決まってる！

糸を伝わり、わずかに「起爆」の魔力だけが伝わる。

これは魔力爆弾が錬金術でできたものなので、俺が必要な魔力が少量ですんでいる。だからこそ実現できた起爆方法である。

大量の魔力爆弾が、同時に起爆した。

大　爆　発　！

まるで樽を中心に、火山が噴火したかのような爆音があがり、大量の土砂が天まで吹き上がる。

穴を掘って、爆発のエネルギーが真上に全部抜けるようにしておいたからだ。

穿孔発破という仕組みを考えてくれたリーファンに、感謝だ。

ギョグワゴアアアアアァァァァア！

ピンポイント。

大量の魔力爆弾に、ヒュドラをどうやって近づけるかが勝負だった。

ヒュドラが神酒を飲むことにすべてを賭け（ベットし）たんだよ！

「俺の勝ちだぜ！」

爆発は、凄まじかった。

一瞬の間に砂煙で周囲が包まれる。

「げほっ！」

目を細め、ヒュドラのいた方向を睨む。

すぐに砂煙は収まっていく。

そして。

「まぁ……そうだろうな」

俺は壮絶な笑みで睨みつけてやった。

六ツ首になったヒュドラ野郎を。

戦には、戦い方があるって話

「はっ！　特製の神酒は美味かったか⁉　この蛇野郎！」

叫びながら横にダッシュ。

少しでも、マイナのいる場所から蛇野郎を引き離しておきたい。味方が来たときに、派手な攻撃もしにくくなるしな。

走りながら、空間収納からフラスコ型のリーファン特製ポーション瓶を取り出す。

あれだ。試験管の一種で、底が大きな球状になってるやつ。

その球体部分には〝燃焼薬〟がみっちりと詰まっている。

怒り狂った八ツ首（現在六ツ首だが、気にすんな）が巨大な頭をこちらに伸ばしてきた。

どうやらドラゴンのように、ブレス攻撃とかはなさそうだ。それだけでも勝率はぐっと上がるってもんだ。

俺は猛スピードで木々を縫うように襲いかかるヒュドラの頭に、フラスコ瓶を投げつける。

冒険者時代に鍛えた投擲技術で、見事に命中。

さらに絶妙のタイミングで、フラスコが破裂し消え失せる。

おそらく、この戦い方ができるのは、世界広しといえど俺だけだろう。

魔術師や錬金術師で、投擲やら格闘やらを鍛えているやつはいない。

さらに冒険者時代の経験が、この恐ろしい魔物を前にして、足を、身体を動かしてくれる。

破裂したフラスコから、ぶわりと燃焼薬が散った。

燃焼薬は粉末状なので、ちょっとした煙幕の代わりにもなる。

キュガァアアアア！

ヒュドラの視界を奪ったことで、噛みつこうとしてきた頭を紙一重で避けた。

「それで終わりじゃねーぞ！」

間髪入れずに、ナイフを投擲。

これには油が塗ってあり、投げる瞬間、魔法で着火してある。

炎を纏ったナイフがヒュドラの頭に命中。もちろんこんなちゃちな投げナイフでダメージになるわけがない。

だが。

命中と同時に、燃焼薬が爆発するような勢いで、一気に燃え上がった。

ヒュガゥウウアアアアアアア！

魔法であれば、その場その場で最適の威力を調整できるし、命中させるのは簡単だ。ある程度視線で誘導できるのだから。

だが、今の俺には、攻撃魔法を使えるだけの魔力は残っていないのだ。

ヒュドラを待っている間に、魔力は少しばかり回復したが、たいした量ではない。

まるで、使えない魔術師時代が、今日このときのために存在していたような、妙な充実感を覚える。

「は……ははは！　無駄じゃなかった！　無駄じゃなかったんだ！　俺の冒険者時代は！　ははははは！」

こんな状況なのに、心より楽しくて、叫びながら燃焼薬入りのフラスコ瓶を投げまくる。

三回ほど頭を燃やされると、さすがのヒュドラも俺が投げるものが危険だと理解したのか、むやみに首を伸ばしてくることがなくなった。

（いいぞいいぞ！　そのままじっとしてやがれ！）

お互いがじりじりと間合いを計る。

もっとも、八ツ首ヒュドラが巨体すぎて、ネズミとゾウが睨み合っているようなもんだが。

（あと残ってる手札は……）

それは油断だったのだろう、意識がヒュドラから逸れる。

そして、ヒュドラはそれを見逃さなかった。

その巨体が。

一瞬で視界から消えた。

「なっ⁉」

わずかに遅れて、ヒュドラのいた場所に水柱が吹き上がる。

水柱は俺を中心にぐるりと舞い上がった。

つまり。

「後ろ！」

あの巨体で、一瞬にして俺の背後に回ったのだ！

人間の使う剣技のように、魔物特有の技というものが存在する。

今、ヒュドラが使ったのも、その手の技だろう。

「〝虹光障へ――〟」

身体全体に衝撃が走る。

突進してきた巨大な頭に吹っ飛ばされたのだ。

ぎりぎりで、無理矢理完成させた防御魔法のおかげで、即死だけは免れたが、湿地帯を高速で転がされ、大木にしこたま打ち付けられる。

「がはっ！」

今度は身体がちぎれることはなかったが、骨は何本もいっただろう。

顔を無理矢理起こす。

凄まじい速度で、並んだ牙が俺を覆い尽くそうとしていた。

（せめて頭の一つくらいは道連れに――）

懐から、一本だけ残しておいた魔力爆弾を取り出し、握りしめる。

喰われた瞬間起爆してやると、決意した瞬間だった。

「〝斬閃空牙翔〟！」

強力な斬撃がヒュドラの首に突き刺さる。

濃霧を切り開いて、姿を現したのはもちろん。

「レイドック！」

「ちっ！　浅いか！」

レイドックは、俺に目もくれず、ヒュドラを凝視。

ヒュドラは盛大に血を吹き出しているが、首を落とすにまではいたっていない。

かなり大けがを負わせているように見えるが、レイドックは最大限の警戒のまま、俺とヒュドラの間に立つ。

痛みで怯んでいるヒュドラに追い打ちをかけない？　なぜだ？

理由はすぐにわかった。

レイドックによってつけられた傷が、みるみるうちに塞がっていくのだ。

「なんだあの再生力は!?」

「わかってなかったのか、クラフト!?　どうやって首を二つも落とした！」

「罠を仕掛けただけだ！　同じ手はもう使えない！」

俺たちは合流した喜びを交わすこともなく、必要最低限の会話を交わす。

「ソラル！　クラフトにつけ！　蛇野郎を牽制！」

「了解よ！」

おそらく先頭を突っ走っていただろうレイドックに、追いついたばかりのソラルが休む間もなく俺の横に滑り込んで、弓を速射した。

シャープネスオイルが塗られたソラルの矢はさすがに脅威なのか、ヒュドラは回避行動を取る。

「大丈夫⁉　クラフト！」

「かろうじて……だな」

俺はヒールポーションをぐいと飲み込む。

一気に痛みが引いていくが、さすがにダメージが大きすぎて治りきらないようだ。

もう一本を取り出そうとしたタイミングで、ベップとバーダックも追いついてくる。

「はぁ！　はぁ！　二人とも！　速すぎ！　です！」

「ぜぇ！　ぜぇ！　魔術師には……きつい！」

スタミナポーションを飲んでいる二人が、これほど息切れしているのだ。相当の無理をして走ってきたのだろう。

レイドックとソラルの全力が速すぎるのだ。

モーダにいたってはまだ視界にすら入っていない。

「か……神の癒やしを……〝高速治癒〟」

息切れしつつも、神官の紋章持ちであるベップが治癒魔法をかけてくれた。

ポーションで治りきらなかった怪我が癒えていく。

「助かったベップ」

「無事でなによりです。クラフトさん」

お互いに無事を確認し、頷きあう。

するると魔術師のバーダックが息を整え、横に来る。

「クラフト、マナポーションは余ってないか？　魔力がほとんどないのだ」

「すまん。品切れだ。エヴァたちと合流したんだろ？　エヴァに分けてもらわなかったのか？」

俺が持っていたマナポーションはすべてエヴァに渡してある。

「カイル様が逃げる時間を稼ぐのに、彼女が無理をしてくれた。ポーションも使い切ったらしい」

「なるほど。そういやジタローとキャスパー三姉妹はどうしたんだ？」

バーダックが眉を顰める。

「……ザイード様の護衛をしている。なぜかザイード様は私たちを追ってきているんだ」

「は⁉　待機してるんじゃないのか⁉」

たしかに、レイドックの視界を共有しているときには、ついてきているように見えたが、この危険地帯まで来るつもりなのか、あのアホは⁉

「その前に冒険者とリザードマンたちが合流する。クラフト、あの八ツ首を倒す算段はないのか？」

「あの凄まじい再生力は確認した。……頭を一撃で吹っ飛ばされれば再生はしないようだがな」

「どうやったのだ？」

「魔力爆弾をしこたまお見舞いしてやった」

「ああ、あれか」

バーダックは一緒に行った洞窟のことを思い出したのだろう、ニヤリと笑う。

「しかし、あれほどの威力をぶつけるとなるとことだぞ。クラフトの攻撃魔法でなんとかなるか？」

「いや、魔力がからっけつでな。無理だ」

魔力もマナポーションもスカンピン。魔力爆弾も自爆用に取っておいた一つが残るだけだ。

だが、俺たちにはレイドックという切り札が残っている。

「冒険者、リザードマン、俺たちの全員でヒュドラの動きを止め、一つずつレイドックに潰してもらうくらいしか思いつかない」

「やはりか。カイル様を逃がしたときに、似た戦法を取ろうとしたんだが、あのときのヒュドラはとにかく動きが機敏でな。今の動きならやれるかもしれん」

「今のあれで動きが鈍ってるってのか⁉」

「ああ。湿地帯を高速で動き回られていないだけでも、ずいぶんマシだ」

今の動きですら、神酒で酔っ払っている状態らしい。

先ほどの残像すら残さず移動するのが通常だったら、とても勝負にならん。よくもまぁカイルを逃がしきったもんだ。

俺たちが話している間にも、レイドックとソラルのコンビがヒュドラを牽制してくれている。

どうやら八ツ首はレイドックを警戒しているらしく、ある程度距離を取って唸っていた。

巨体ヒュドラをびびらすとか、レイドックの野郎どんだけ痛めつけてやったんだ？

あの反則じみた再生能力がなければ、とっくにレイドックが殺ってるに違いない。

「クラフト！」

レイドックが前を向いたまま俺を呼ぶ。

「作戦はあるか⁉」

「仲間が合流したら、お前以外でごり押し！　動きを抑えたら、レイドックが首を確実に落としていく！」

「俺抜きで抑えられるのか⁉」

自信過剰でもなんでもなく、冷静な戦力分析でレイドックが叫ぶ。

それでもちょっとこう、もやっとする。

「……エヴァとカミーユも必要だ」

エヴァにどれだけの魔力が残っているのか不明だが、彼女が少しでも参戦してくれるなら心強い。

カミーユの素早い剣技も、ヒュドラの動きを抑えるのに有効だ。

マリリンはベップと一緒にバックアップしてくれればいい。

「よし！　味方が合流するまでは防御に徹する！　全員クラフトとバーダックを中心に、牽制！」

「「「おう！！！」」」

こうして第二ラウンドの鐘は鳴り響いた。

「レイドック！　ヒュドラを俺の背後方向には近寄らせないでくれ！」

「なに!?　……わかった！」

俺の頼みに、一瞬だけ怪訝な顔をしたが、すぐにマイナがいる方向だと悟ったのだろう、レイドックの動きが徐々にヒュドラを別方向に逸らす動きへと変化する。

さすがだ。

ソラルに向かってヒュドラの首が高速で伸びてくる。

でかい図体なんだから、どっしり構えてやがれ！

ソラルが突進を避けようと横っ飛びするが、わずかに避けきれない。

「〝虹光障壁〟！」

発動の早い防御魔法をとっさに発動。

あの巨体を防げるような魔法ではないので、ヒュドラの勢いを逸らすだけだが、そのわずかな隙に滑り込むように、ソラルはギリギリで攻撃を回避した。

「ナイスよ！　クラフト！」

自然回復する少量の魔力は、今のように回復するはしから、防御魔法に使ってしまうので、でかい魔法を放つほど魔力をためられない。それとて、黄昏の錬金術師の紋章があってこそだ。

「……バーダック！」

レイドックがパーティーメンバーの魔術師であるバーダックの名前を叫ぶ。

「お前は引け！　後続と合流しろ！」

「……な！　だが！」

「お前が一番わかってるだろ⁉　今だけは足手まといだ！」

「……ぐっ！」

レイドックはきつい言い方をバーダックに飛ばす。

だが、俺にはわかる。そこまで言わなければ、バーダックという男はこの場を離れないのだろう。

仲間か……。少しうらやましい。

だが、この場に到着して、魔法を放ち続けたバーダックの魔力はとっくに空っぽだ。

せめてリザードマンや冒険者たちと連携できる状況だったら、空になるまで魔力を使う男ではなかっただろうが、五人しかいない状況で出し惜しみはできない。

なにより、バーダックは紋章を持っていないのだ。

魔力の回復速度という点で、圧倒的に不利である。

残酷なようだが、状況的に魔力の尽きた魔術師は邪魔だ。

だが、バーダックは昔の俺と違って、ちゃんと活躍したうえでの撤退だ。胸を張って欲しい。

だから俺は叫ぶ。

「バーダック！　あとは任せろ！　エヴァたちと合流して、現状を伝えてくれ！　作戦はさっき言ったとおり！　再び追いつく頃にゃ、少しは魔力も戻ってるだろ？　そんときゃ冒険者たちと一緒に参加してくれ！」

そうだ。バーダックは紋章なしでこれほどの魔術師になった男だ。

俺は相性の悪い紋章で苦労し、バーダックは紋章を刻めなかったことで苦労した。俺には彼の気持ちが痛いほど理解できる。

絶対に役立たずなんかじゃない！

俺の内心が聞こえたのか、渋っていたバーダックがはっと顔を上げる。

「そうだな……ああ。伝令役、確かに引き受けた！　戻るまで耐えろ！」

「「任せろ‼」」

俺とレイドックの声が重なった。

背を見せて走り出すバーダックに、ヒュドラの首が高速で伸びる。

「はっ！　見え見えなんだよ！」

どうやらレイドックはヒュドラの動きを読んでいたようで、絶妙なタイミングで伸びる首の下に滑り込んでいた。

剣を深く構え、わずかに溜める。

本来なら大きな隙だが、レイドックの先読みが勝り、バーダックに向かって伸びていたヒュドラの首は方向転換ができない。

「このチャンスを待っていた！　くらえ！　〝紅蓮昇竜剣撃〟！」

レイドックが、炎を纏って、下から斬り上げた。

まるで炎の竜が空に昇っていくように。

初めて見る技だが、あれは強力だ！

今まで使っていなかったのは、溜めが必要で、繰り出すタイミングが難しかったのだろう。

バーダックを下げたのは、この隙を生み出すためでもあったのかもしれない。

レイドックの剣技は凄まじかった。

見事にヒュドラの首を切り落とし……てない⁉

わずかに、首がつながっていた。

普通に考えたら、即死だが、この蛇野郎の再生力は凄まじく、皮一枚しかつながっていない部分から、急速に再生を始める。

「ちっ！」

追い打ちをかけようとするレイドックだったが、残りの首が執拗に襲いかかる。

「くそ！　あと一撃で！」

レイドックが怒気の叫びを上げた。

「レイドック！」

手札はまだある！　瞬間増強薬（ブーストポーション）だ！

材料が特殊で、なかなか生産できない薬であるため、今回もたった二瓶しか用意できなかった錬金薬である。

肉体能力を飛躍的に高める薬なのだが、効果時間が一瞬で、とにかく使いどころの難しい薬品だ。

この手札を切るなら、今！

「レイドック！　ブーストするぞ！　効果は一瞬だが……やれるか!?」

チラリとこちらを振り返り、不敵な笑みを見せてくる。

「誰にものを言ってる！　任せろ！」

ああそうだった。

ゴールデンドーンのエース。レイドックだったな！

レイドックと視線が交差する。それだけで、十分だった。

俺は渾身の力で、ブーストポーションを誰もいない場所へ投擲。

「え!?」

近くで弓を放っていたソラルが、それを見て驚愕する。

だが、大丈夫だ。

レイドックがヒュドラと対峙しながら、急にフェイントを入れ、横っ飛びする。もちろんそのあいだ、ヤツはポーション瓶を見てもいない。

だが、レイドックが飛び込んだ位置は、見事に俺がポーションを投擲した場所だった。

瓶が魔力で消滅し、中身のブーストポーションが、レイドックの全身へ降りかかる。

「行くぞ！　〝風雪乱斬〟！」

身体能力が跳ね上がったレイドックが、まるで蒼い稲妻のような動きで、ヒュドラの首攻撃をかいくぐり、自己再生中の首へ剣技を叩き込んだ。

ギュモガァァァァァアアア！

それはまさしくヒュドラの断末魔。

回転しながらすっ飛んでいくヒュドラの頭。その表情は怨嗟に満ちていた。

「さすがだぜ！　レイドック！」

レイドックが一瞬ニヒルな笑みを浮かべるも、すぐに険しい表情に戻り、剣を構え直す。

すでにブーストポーションの効果は切れている。

「油断するな！　まだ五つも首は残ってんだからな！」

ですよね！

首が減って楽になると思いきや、怒り狂ったヒュドラの動きはむしろヤバい。

自らが傷つくことすら気にならなくなったのか、とにかく動きが速く、強烈だ。

むしろ、この巨体相手に、よく俺たちだけで耐えてるよな！

なりふり構わなくなった、ヒュドラの攻撃に、俺たちは完全に押さえ込まれる。

神官のベップも紋章持ちだが、細かい回復魔法を飛ばしまくっているせいで、魔力は枯渇気味だ。

レイドックたちの治療が徐々に追いつかなくなっている。

もちろんヒールポーションを併用しているのだが、俺もベップも魔力が回復する間、逃げ回っているので手が回らない。

俺たちを守るため、レイドックの負担が増えている。

そして、とうとう、戦線が決壊した。

俺の魔力が枯渇したと同時に、それまでレイドックとやり合っていた首が、突然俺に向かって突進してきたのだ。

家より巨大なヒュドラの頭である。防御魔法の使えない俺に、防ぐ手立てはない。

俺は自爆用の魔法爆弾を起爆させるタイミングを計る。

「レイドック！　最後に隙を作る！　あとは任せたぞ！」

爆弾一つじゃ殺りきれないかもしれない。

だが、隙を作れば、レイドックがとどめを刺してくれる。

首を一つ減らせば、あとはみんながなんとかしてくれるだろう。そんな安心感の中、避けきれないヒュドラの頭が接近するのを不敵に睨みつけてやるのだ。

「このあほう！　〝豪腕豪打ぁぁぁあ〟！」

信じられないことに、レイドックが姿勢を崩しながらこちらに走り込み、俺を突き飛ばしたのだ。

その結果は言うまでもなかろう。

レイドックがヒュドラの突進をもろに喰らい、空中高くに回転しながら吹っ飛んでいった。

「「レイドック！！」」

俺、ソラル、ベップが悲痛なまでに叫びを上げた。

だが、あれはまずい！

やつのことだ、あの一撃で死にはすまいが、動けるような怪我じゃない！

それがわかっているのか、ヒュドラは俺たち三人を無視して、レイドックに突っ込んでいく。

「クソが！　こっちに来やがれ蛇野郎！」

ソラルが弓矢で、俺とベップがなけなしの魔力で魔法を放つが、今出せる魔法など、ヒュドラには痛痒すら与えられない。

激しく吹っ飛んだレイドックが、地面に叩きつけられ、とてつもない距離を回転しながら転がっていく。

普通ならあれだけで即死だ。

「クソ……が……」

だが、さすがはレイドック。死んではいなかった。

剣を杖にして、かろうじて上半身を起き上がらせる。

全身血だらけだ。

今すぐヒールポーションを使いたいが、遠すぎる！

そして、ヒュドラは今まさに、五つの首をレイドックに伸ばすところだった。

畜生！

神酒が効いていてあの動きかよ！　反則だろ！

突進するヒュドラが、レイドックを喰い破る、その瞬間。

「〝鋼荊薔薇牢獄〟！」

突如、レイドックを覆うように、鋼鉄の薔薇が出現した。

「なっ⁉」

勢いよく突進していたヒュドラは、鋼鉄の荊棘に突っ込み、その勢いで全身に傷を負い、悲鳴を上げてその巨体をのけぞらせた。

レイドックを守るように展開していた鋼鉄の薔薇が、しゅるりとどこかへ消える。

かなり凶悪な防御呪文だ。

こんな強力な魔法を放てる人物と言えば……。

「待たせたわね」

つば広のとんがり帽子に、見事なマント。

年季の入った見事な杖。

もちろん、キャスパー三姉妹の長女、エヴァだった。

女神かよ！

俺は内心で喝采するも、次の瞬間すぐにそれを否定した。

「レイドックしゃまぁあぁぁぁあああ⁉」

傷だらけのレイドックを見て、女神だと思った魔術師は奇天烈な悲鳴を上げていた。

そのエヴァと対照的に、慌てずレイドックに駆け寄ったのは、三姉妹の三女マリリン（巨乳）である。

「今、治しますからねぇ。〝重傷治癒〟」

彼女は高度な治癒魔法で、レイドックの傷を治していく。

女神はマリリンだったよ。

次女のカミーユがすぐさま三人のフォローに入る。

今、ヒュドラは痛みで怯んでいるが、すぐに再生して襲いかかってくるだろう。

千載一遇のチャンスなのに、攻撃手段がない！

エヴァは今の防御呪文で魔力を大きく消費しているだろうから、極大系の呪文は期待できない。

ヴァンかアルファードがいてくれれば追撃できるものを！

そのとき、男の声が奥から響く。

「ふん。待たせたな！」

俺は、二人が来てくれたのかと、期待を込めて声の主に振り向く。

そこに現れたのは、カイルの兄であるザイードだった。

俺は心の中で、絶叫する。

（待ってねぇよ！）

想定外の活躍って、びっくりするよねって話

ベイルロード辺境伯の次男で、カイルの兄であるザイードが偉そうに登場した。

お呼びじゃねぇっての！　お前になにができるって言うんだよ！

俺が言葉に出さず叫ぶがザイードの後ろに冒険者とリザードマンたちが見えて、少し安堵する。

だが続くザイードの言葉に、俺は今度こそ叫びそうになった。

「聞け！　これよりこの戦いの指揮は私が執る！」

はぁ!?

ザイードは俺らの驚きにも気づかず、さらに続ける。

「冒険者とリザードマンはペアを解除するのだ！」

ちょっとまて！

冒険者とリザードマンをペアにしたのは……。

「広域探索を重視した陣形を続ける意味はない！　冒険者どもは遠距離攻撃をあのデカブツに放ち続けるのだ！　レイドックとやらの牽制になる！」

……あれ？

俺はザイードの横やりを止めようと走り寄っていたのだが、ヤツの指揮に目が点になっていく。

「リザードマンは湿地に強い！　お前たちは縦横無尽に動き回ってデカブツを攪乱するのだ！

「……亜人に頼るのは業腹だがな」

えっと……、あれ？

言葉はむかつくし、こっちこそ業腹なんだが……あれ、あれ？

「我が兵は、私を中心に、そこの錬金術師を一緒に守れ！」

「へ？」

とうとう、間抜けな声が出てしまった。

「クラフトと言ったな、錬金術師！　ぼやぼやするな！　早くこっちに来るのだ！　そこの神官もだ！」

「「は、はい！」」

思わず俺とベップが、ぴんと直立姿勢をとってしまう。

有無を言わせぬ口調と態度というだけでなく、従うべきだと本能が応えているようだった。

急いで兵士が防御を固めた地点に走り寄ると、ザイードがどこか冷めた目で見下すようにこちらに視線を向ける。

腰に手を当て、呆れたように続けた。

「錬金術師。お前は短時間でポーションを作れると聞いた。今からここでヒールポーションを作るのだ」

「は⁉」

ここで⁉

ザイードの陣取るこの位置は、後方だけど戦場なんだぞ⁉

「い、いやちょっと待ってくれ……ください！　こんな場所では……」

「私はやれと言った。それに考えてみろ。そもそも、敵がこの場所までたどり着くなら、その時点で負けだ」

「そりゃ……そうですが……」

たしかに、この位置までヒュドラが突っ込んでくる事態というのは、レイドックも冒険者も突破されているということになる。

理屈はわかるが……。

「俺が防御魔法を使わなきゃ、前線が崩壊するかもしれないんですよ⁉」

「いらぬ。Bランク冒険者の護衛には、キャスパー姉妹をつけた」

「だけど……！」

「くどい！　今は貴様が多少の魔法で参戦するときではないのだ！　さっさと手を動かせ！」

「う……」

俺は謎の迫力に押され、空間収納から錬金釜などを取り出し設置していく。

「ポーションを作るのはいいんですが、瓶詰めしてる時間はないですよ？」

「いらぬ。樽にでも入れておけ。どうせすぐに使う。……そこの神官！　ベップだったか？　今から負傷者の手当を任せる！　ポーションを使ってけが人を癒やすのだ！」

「は……はい」

ザイードの迫力に、ベップが反射的に肯定を返す。

さらにザイードは続けた。

「リザードマンから少し人数を割け！　……護衛についていたメスのリザードマン部隊がいい。貴様らは負傷者をこの場所まで連れてくるのに専念しろ！　オスの部隊はそのまま攪乱だ！」

あ……あれ？　なんていうか、ものすごく……的確な指示じゃね？

ザイードがばっと手を振るう。

「青髪のBランク冒険者！　傷はもうよいのか⁉」

キャスパー三姉妹の神官であるマリリンの治癒魔法を受けていたレイドックが、ザイードに目を丸くしながらも立ち上がる。

「あ……ああ」

「ならば貴様はそのままあのデカブツへの攻撃に専念したまへ！」

「だ、だが……」

うろたえるレイドック。貴族であるザイードに反論できないのだろう。

だから代わりに俺が叫ぶ。

「ザイード……様！　レイドックは冒険者の中心人物です！　ヤツの指示が必要です！」

するとザイードは目を細め、こちらを睨む。

「馬鹿か！　中心人物だからこそ、指揮などさせてはならぬのだ！　直接連携する冒険者への指示だけで十分！　全体指揮は全体を見渡せる者の仕事だ！」

「うへぁ⁉」

むかつく！

むかつくけど……めっちゃ正論だぁぁあ！

さらに、ザイードの指揮はむかつくけど！　むかつくけど！　最適解だ。

ザイードの叱咤は俺に向けられたものだったが、俺だけでなくレイドックもはっと顔を上げた。

レイドックはすぐに表情を引き締める。

「ザイード様！　全体指揮をお願いします！　全員、ザイード様の指揮に従え！　前線指揮は俺が受け持つ！」

全員が一瞬だけ驚愕の表情を見せるが、すぐに前に向き直る。

「「「了解！！！」」」

ザイードへの信頼というより、レイドックへの信頼だろうが、ヤツの決めたことに全員が即答した。

いろいろと、ほんっと～～～～～にいろいろと思うところはあるが、今はザイードに従おう。

俺はぼそりと零す。

「冒険者心得……使えるものは何でも使え……だな」

元冒険者なんだけどね！

▼ほんとに待っていたのは、彼だって話

「馬鹿者！　冒険者どもは、前に出すぎだ！　蒼髪の邪魔になるだろう！　飛び道具のない者は、攻撃などせず味方を守れ！」

ばっと腕を翻し、ザイードが指示を飛ばす。

「リザードマンどもはもっと動き回れ！　散れ！　固まっていたらまとめてやられるぞ！　シャープネスオイルを塗った槍を投げつけたらすぐに下がって、新しい槍を受け取るのだ！　お前たちの役目は撹乱だが、あのデカブツの身体にしっかりとダメージを与え、お前たちを無視できぬようにするのだ！　それが何よりの援護となる！」

次々と指示を飛ばすザイード。

「神官！　ヒールポーションをケチるな！　そして回復した魔力はすべて蒼髪への補助魔法とするのだ！」

俺はヒールポーションを量産すべく、材料を錬金釜にぶち込み、魔力を注ぎまくっている。

（ええい！　簡単にケチるなとか言うな！）

そう叫びたくなるが、めっちゃむかつくことに、その指示は的確なのだ。

俺が樽いっぱいのヒールポーションを完成させるたび、ベップが柄杓を使って、運び込まれる負傷者にぶっかけて、戦線復帰させる。

たまに、傷口から病気をもらって、化膿したり具合が悪そうなけが人にだけ、ベップが毒除去の魔法をかけていく。

おかげでヒールポーションの消費は激しいが、ベップの魔力に余裕ができていた。

その貯まった魔力で、強い効果のある補助魔法をレイドックにかけることができ、結果として最大戦力であるレイドックが効果的に戦闘に参加している。

たしかに俺はポーションの作成で手一杯になっているが、それ以上に部隊全体が安定していた。

悔しいが、ザイードの指揮は完璧だった。

畜生、さすがはカイルの兄だな！　想像以上に優秀だったよ！

それにしてもなんで急に？

その答えはザイードの続くセリフで少し判明した。

「ええい！　どうして我が兵士三〇〇名が足手まといになっているのだ⁉　下がれ！　冒険者共の邪魔になっている！　まったく！　どうして専業兵士が日雇いの冒険者などに実力で負けているのだ！」

ザイードが兵士長に不満をぶつけているが、つまりそういうことだ。

想像だが、ザイードの中で、自分の兵士の強さを冒険者と同じか上だと考えていたのだろう。

前提条件が高すぎて、ザイードの作戦に兵士がついていけなかったのだ。

だが、レイドックやキャスパー三姉妹という強力な駒を手に入れたことで、その前提条件が埋まったのだろう。

部下の実力を把握できてなかったことを無能と言うべきか、彼の求めるレベルの部下がつけば、これほどの指揮能力を発揮できることを褒めるべきか……。

「……それどころじゃないな」

俺は気持ちを切り替え、視線を戦場に戻す。

ヒュドラの首はまだ落とせていないが、怪我を負わせる量が、加速度的に上がっている。

高速の再生能力をもつ八ツ首ヒュドラだが、さすがにレイドックとソラル。キャスパー三姉妹を中心にした主力の猛攻に、目に見えて治しきれない傷が増えていく——だが。

まずいな……。

レイドックが奮戦してくれているおかげで、かろうじて死人は出ていないが、このままでは全滅待ったなしだ。

「くそ……っ！　戦力が……戦力が足りねぇ！」

俺は思わず天に向かって叫ぶ。

戦力か、せめて魔力があれば！

少しだけ、心が折れかけたときである。

ヒュドラが作った長い獣道の奥から、朗々とした声が響いてきたのだ。

「〝我が剣の煌めきの下へ集え〟！」

離れた場所にいるとは思えないほど響き渡る声。

そして、その言葉を耳にすると、不思議と身体に力が戻る感覚が。

「支援魔法？」

まわりを見れば、へたり込んでいた兵士たちも、困惑気味に立ち上がり始めている。

集団支援魔法……いや、似た効果のある技だな、これは！

「よくぞ耐えた！　レイドック！」

叫びながら飛び込んできたのは、燃えるような赤い髪の偉丈夫で、巨大な身長ほどある白き大剣を、軽々と振り回す、ヴァン・ヴァインであった。

そのままレイドックが押しとどめている首の一つに技を放つ。

「〝神息纏剣〟！」

かなり強烈な一撃で、ヒュドラにかなりの深手を負わせる。しかし、レイドックの大技ほどは威力がないのか、仕留めきれず、残りの四つの首に、追撃を邪魔され、その間に再生されてしまった。

だが、この動きのおかげで、前衛組が再び態勢を立て直し、後衛組もヴァンの支援技のおかげで起き上がっていた。

問題は、ヴァンがこの場にいるということは……。

「ヴァン！　カイルは⁉」

「あそこだ！　後衛組は合流しろ！　私も一緒に下がる！」

かなり離れた位置に、カイルの本隊が陣形を整えているのが見え、俺は一安心する。

どうやらヴァンは一撃入れるだけで、俺たちと一緒にカイルの護衛に戻るらしい。

カイルには逃げて欲しい気持ちもあったが、マイナを見捨てられるような性格ではない。甘いのかもしれないが、それがカイルのいいところだ。

「ヴァン！　集合場所だが、こっちの後方にしてくれ！」

俺はマイナが隠れている大木方向を指さす。

「わかった！　一度カイルと合流してから、一緒に移動する！」

そこでヴァンが、ぽかーんとしているザイードに気づいた。

「なにをぐずぐずしているザイード！　早く部隊をまとめんか！」

「なっ⁉」

突然現れた赤毛のおっさんに命令され、ザイードが目を剥く。

「貴様！　この私を誰だと思っている！　ベイルロード辺境伯が次男、ザイード・ガンダール・ベイルロードで――」

「貴様こそ私を誰だと思っているのだ⁉」

ヴァンが一喝。

「なに？　……え？」

ザイードの顔がみるみると青ざめていく。

やーい。

たぶんヴァンはお偉い貴族だからなー。たぶん領主クラスだと思うぞ。ざまー。

「問答無用！　動け！　ザイード！」

「は……はっ！」

ザイードは振り返り、自分の部下に指示を飛ばす。

「全員移動開始！」

すでにレイドックたちの足手まといになっていた俺たちは、ヒュドラを彼らに任せ、本隊へと合流する。

ずらりと戦闘態勢を整えている本陣に行くと、すぐに中央部へと通された。

そこで待ち構えていたカイルが歓喜の表情を見せてくれる。

「クラフト兄様！」

「カイル！」

走り寄ってくるカイルが、ヴァンの後ろをついていたザイードにも気づいた。

「ザイードお兄様もご無事だったのですね！」

「……カイル？」

なぜかザイードがカイルの顔を見てうろたえる。

「久しぶり……くっ！」

不用心に近づいていくカイルに、一瞬ザイードが歓迎するような仕草をみせるも、急に表情を歪めた。

「……ふん！　生きていたのか！」

「お兄様……」

カイルは悲しげな表情を浮かべるも、なにか、ザイードの様子がおかしいように見える。

だが、今はマイナが心配だ。

「カイル！　来て早々悪いが、隠れているマイナと合流したい！」

「はい！　ご指示ください兄様！」

俺はまわりを見渡す。

ヴァンだけではなく、アルファード率いるカイルの私兵に、リーファンもいる。

「よし！　レイドックを横切るように、突っ切るぞ！」

大回りしても、湿地帯ではやたら動きの速いヒュドラ相手には無駄だろう。むしろ戦力がばらつくほうが危険だ。

レイドックを援護しつつ、ここは突っ切る！

「まったく無茶を……だが、私がカイル様を守り切る！　存分にやれ！」

出番のなかったアルファードが、どんと胸を叩いた。

「……出番がなかったとか言うな」

「さーせん」

さあ、お姫様救出の時間だ！

▼忙しいときに、想定外って困るよなって話

「クラフト！」

アルファードが俺を呼びながら、その視線をレイドックたちとやり合っているヒュドラに移す。

今、俺たちの位置は、ヒュドラが神酒目がけて暴走してきたときにできた、獣道の上だ。

まぁ、獣道というには、少々ダイナミックだが。幅だけで馬車が何台も並べられるだろう。

ここからヒュドラの位置は遠い。

「隠れているマイナ様と合流するのだな。だったら、大回りしたほうがいいのではないか？」

「いや、あのヒュドラは動きが速すぎる。むしろレイドックたちの後方をかすめるように進んで、援護しつつ反対側に抜けるべきだろう。ただ……」

俺はカイルに視線を移す。

できれば離れた場所で隠れていて欲しいが……、それは結局マイナと同じ状況が増えるだけになってしまう。

だったら、マイナには隠れてもらっているこの状況で、一気にヒュドラを倒すほうがいいのかかなり悩むところだ。

「クラフト兄様。危険は承知です。下手に大回りして、レイドックさんたちと距離が開いてしまった状況で、ヒュドラが襲いかかってくるほうが危険なんですよね？　駐屯地が襲われたときに

身に染みています。ですが、マイナを一人にしておくわけにはいきません」

「……悪い。お前を危険にさらす作戦しか思いつかなくて」

「いいえ！　僕は責任者なのです！　そもそも湿地帯の討伐作戦に参加すると決めた時点で、覚悟しています！」

そう。最初はカイルが直接参加することすら、反対していたのだ。

だが、ザイードとの交渉やらなんやらを考えると、一緒のほうがトラブルが少ない。

さらに、頭のどこかで「もはやヒュドラ程度で……」という思い上がりもあったのだ。

俺は強く目をつぶる。

「よし！　マイナを救出するぞ！」

「はい！」

先頭はアルファード。陣形はくさび形で、中央後方がカイルとジャビール先生である。

彼らを直接護衛する直掩（ちょくえん）は、俺とヴァンだ。

まぁ、俺は魔力がほとんど残ってないので、俺たちがまとめてヴァンに守られているというほうが正確だろう。

でも、防御魔法を一回放つくらいは魔力回復してらぁ！

あと、ついでにザイード。

ただ、カイルと顔を合わせてから、どこかザイードの様子がおかしい。

邪魔しなきゃいいんだが……。

そんな俺の不安をかき消すように、アルファードが力強く剣をひるがえした。

「よし！　これより、前方の部隊後方を横切る！　そのまま突っ切るか、足を止めて冒険者たちを援護するかはその場で判断する！　皆、命令に注意せよ！」

「「「は！！！」」」

アルファードの号令で、俺たちは全力で突っ込んでいく。

元冒険者も多いカイルの私兵は、ヒュドラの恐ろしさを理解したうえで、恐れていない。いい傾向だ。

鏃(やじり)となって全員で進む！

レイドック率いる冒険者とリザードマンの部隊後方にさしかかると、アルファードが声を張り上げた。

「レイドック！　援護はいるか⁉」

「いらん！　それよりマイナ様を頼む！　そのままカイル様を安全圏まで連れ出してくれてもいいぞ！」

レイドックは信用してるが、このまま彼らだけで八ツ首ヒュドラと対峙すれば全滅するのは確実だ。

するとカイルが凛と声を上げる。

「僕は仲間を見捨てるつもりはありません！　すぐに助けに来ます！」

「カイル……」

レイドックは口元に笑みを浮かべた。

「頼りにしてますよ！　カイル様！」

するとと、冒険者やリザードマンも口々に叫ぶ。

「ああまったくカイル様は最高だぜ！」

「よし！　カイル様が戻る前にこいつを刺身にしときますよ！」

「それじゃあマイナ様にいいところを見せられないだろ！」

「おま！　ロリコンか⁉」

「今こそ恩義を返すとき！」

「クラフト様にアピールするチャーンス！」

「言葉遣い！」

「レイドック様！　一緒にやりましょう！」

「あんたはどさくさに紛れてレイドックに！」

賑やかである。

カイルの一言で、士気が一気に高まる。

目に見えて前衛部隊の動きが良くなった。

「本当にこのまま倒しちまいそうな勢いだな」

俺がぼそりと零すと、ヴァンが応える。

「戦争において、士気こそがもっとも重要視される。もちろん装備や練度は重要なものだが、どんな魔法の剣をもっていても、敵を前に震えていては役に立たぬ。カイルのカリスマ性は本物だな」

満足げに頷くヴァンに、俺は嬉しくなった。

「カイルだからな！」

「兄様……」

少しだけ頬を赤くするカイル、かわいいな。

そんな戦場で、一服の清涼剤を味わったと思った瞬間だった。

「か、カイルにカリスマだと！　私は認めぬ！　認めぬぞぉぉおお！」

突然叫び出すザイード。目が正気じゃない。

「なんだ!?」

あまりの出来事に、俺は目を剥いた。

「カイル！　お前は後方で……いや！　真っ先に突っ込んで死んでくれれば！　馬鹿な!?　我が弟だぞ!?　違う！　やつは……やつは！」

ザイードの奇行に、部隊の足並みが崩れた。

そのとき。

冒険者たちを相手にしていたヒュドラが、突如動きを変える。

なぜか残った五つの首すべてが、俺に向かってきたのだ！

違う！

「ヒュドラ野郎！　カイルを狙ってやがる！」

なぜか確信があった。

カイルの一言で全員が士気を上げたのを、このヒュドラは理解している！

五つの首が後先考えずにカイルに襲いかかる。

だが、それは大きな隙でもあった。

「〝紅蓮昇竜剣撃〟！」

カイルに真っ直ぐ襲い来る首の中で、もっとも近く、勢いのあった頭が、レイドックの必殺技で吹き飛んだ！

ようやく首をもう一つ減らす。

だが、残り四つの首がレイドックを回り込むように、カイルに襲い来る。

「させぬ！　〝我は全ての災厄から主を守る鋼鉄の盾なり〟！」

飛び出したのはヴァンだ。

巨大な剣を横に構え、聞いたことのない剣技を発動させる。

左手には手袋をしているが、紋章が輝きまくっているのは隠せない。

ヴァンが腰を落とし、剣の腹で首を受けた。しかも二つ同時に。

「マジかよ⁉　一軒家くらいある頭を二つ同時に⁉」

技の効果なのか、不自然なまでに首二つを受け止めて見せる。

正直、ヴァンがここまでの実力者だとは思ってなかった。

防御的な面なら、レイドックより上かよ！

だが、突っ込んでくる首は、まだ二つも残っている。

「カイル様は絶対に守る！」

叫んだのはアルファードだった。

「おおおおおお！　〝岩斬崩撃〟！」

渾身の力を込めて放たれた技だったが……。

（だめだ！　アルファードの実力は認めるが、あれでは足りない！）

アルファードの放った技はたしかにヒュドラに大ダメージを与え、勢いも大きくそいだ。

さっきまでのヒュドラであれば、再生のため、いったん首を戻しただろう。

だが、執拗にカイルを狙っているため、その首は被害を無視してさらに突っ込んできたのだ！

「私が止めるよ！」

そこに飛び込んできたのは、我らが生産ギルド長、リーファンである。

「〝金剛轟身〟！」

おそらく槌技を発動させ、ヒュドラの巨大な頭を小柄な身体で止めようとする。

だが、いくらなんでも無茶だ！

アルファードが大きく勢いを殺していたとはいえ、レイドックが苦戦する相手なんだぞ！

ましてやリーファンの紋章は戦闘職じゃないんだ！

それでも、リーファンの気合いが上回ったのか、ヒュドラの勢いが大きく削られる。

すげぇ！　そこに、カイルの私兵たちが殺到した。

「うおおお！　カイル様を守れ！」

「この蛇野郎が！」

「元冒険者の実力なめるんじゃねぇ！」

突進の勢いが弱まったことで、対応できる速度になったヒュドラの首に私兵が群がり、全員が全力で技を叩き込んでいく。

さしものヒュドラも完全に勢いが殺され、血しぶきを上げながら、首を戻した。

この五つ首の攻撃は、ほぼ同時に起きた、一瞬のことである。

だから、手の空いた人間がフォローに回るような時間はない。

全員が全力かつ最速で対処し、それでも止められたのは四つだ。

つまり、まだ首は一つ残っている。

俺は最後の魔力爆弾を握りしめ、声を張り上げた。

「さあ俺を喰ってみろよ！」

両腕を大きく広げ、カイルの前に立つ。

私兵の多くが突っ込んでくる首に弾き飛ばされた。

リーファンが止めた首と違い、その首は勢いがある。残念だが私兵たちでは止められない。

わずかに回復した魔力で、魔力爆弾を暴走させれば、一つでもそれなりの威力になる。

それがやつの口の中なら最高だな！

大きく顎を開き、突っ込んでくるヒュドラの口に飛び込もうと、こっちから飛び上がったときだった。

唐突に、ヒュドラの頭が強引なひねりを入れ、無理矢理に俺を避けたのだ！

「なんだとぉ⁉」

俺の自爆攻撃を読んでたってのか⁉

無理矢理進路を変えたその首は、突進の勢いが弱くなっている。

もし、この首が狙っているのがアルファードやヴァン、リーファンだったら、なにも問題はない。

だが、ヒュドラが必死で首を伸ばした先にいるのはカイルなのだ。

その巨体でちょいと突けば、蛇野郎の勝ち。

ジャビール先生とザイードも近くにいるが、二人は首の突進ルートから少し外れている。

俺は蒼白になって、カイルに飛びつこうとするも、一度ヒュドラに向かっていた勢いに、ただ体勢を崩すしかない。

「カイル！」

冒険者なら、なんとか避けられる速度なのに、それを止める術がない！

その巨大な顎が、カイルを噛み砕こうと大きく開いた。

「クソがぁぁぁあああ！」

誰か！　なんでもいい！　カイルを……カイルを助けてくれ！

「私の弟になにをするかぁ！」

そのときの光景は、死ぬまで忘れられないものだった。

あの、ザイードが、剣を捨てながら走り寄り、カイルを突き飛ばしたのだ。

「……え？」

すでに観念していたカイルは穏やかな表情をしていたが、想定外の事態に、少し抜けた声を零す。

カイルを突き飛ばしたザイードは、そのままバクリと喰われた。

反撃は、一気呵成って話

ヒュドラのカイルを狙った、五つの同時攻撃は一瞬のことである。

首に対して個々に対応していたレイドックやヴァンたちが、すぐにカイルの状況に気づいて、最後の首に集中砲火。

さしものヒュドラも、残り四つになってしまった首を胴体側に戻す。

――ドサリと、ザイードが落ちてきた。

ただし胴体から上だけの姿で。下半身はヒュドラが飲み込んでしまったようだ。

(これは……助からない)

まだかろうじて息はあるようだが、身体の半分が喰われたのだ。ヒールポーションを使っても、わずかな時間延命するのがせいぜい。

下半身が残っていれば、助けられたかもしれないが……。

マリリンやベップの回復呪文でも無理だろう。

――実は、ザイードを治す方法はある。

マイナの涙で作ったエリクサーを使えば、多分治せる。

だが、これは本当にいざというとき、カイルかマイナ専用なのだ。

カイルになにを言われても出す気はない。

「お兄様！　ザイードお兄様！」

カイルが泣きながらザイードにしがみつく。

こんな兄でも、本当に大切だったのだろう。

「クラフト兄様！　ポーションを！　ヒールポーションを使ってください！」

必死に訴えてくるカイルに、俺は首を横に振る。

「カイル。せめて下半身が残っている状況じゃなきゃ、無理だ」

「でも……でも！　まだ生きているんです！　息があるんです！」

カイルは泣きじゃくりながら訴えてくるが、どうしようもない。

まさか初めての死者がザイードになるとはな。

やつの私兵すら、全員救出したというのに。

俺がもう一度首を横に振ると、カイルは表情を歪める。

その表情を見て、やはりエリクサーを渡すべきか迷い始めたときだ。

カイルがなにかに気づいたように顔を上げる。

「……！」

カイルが突然立ち上がり、近くでヒュドラを警戒しているヴァンに走り寄る。

「お願いします！　薬を……万能霊薬エリクサーを下賜してください！　ヴァンさん……いえ！　陛下！」

ヴァンに向かって最敬礼するカイン。

え？　陛下って言った？

陛下って……王様？

「え……えええええーー⁉」

俺の素っ頓狂な叫びが、激動の空に響き渡った。

ヴァンがチラリとカイルとザイードに目をやる。

「カイル。あんな兄なのに助けて欲しいのか？」

「はい！　私にとっては大事な肉親なのです！　どうか……どうかご慈悲を！」

ヴァンは小さく息を吐く。

「……この湿地帯の開拓、必ず成功させろ。これは前報酬だ」

「陛下！」

陛下と呼ばれたヴァンは、懐から小瓶を取り出し、無造作にカイルに放る。

カイルが受け取った小瓶は、たしかに辺境伯経由で国王陛下に献上した万能霊薬エリクサーである。

「……マジかよ」

「クラフト」

「ふぁい⁉」

思わず零した俺のつぶやきに、ヴァンが反応し、思わず間抜けな声を上げてしまう。

「今、この場にいる私は、冒険者のヴァン。それ以上でもそれ以下でもない。気負わなくていいぞ」

ニヤリと笑みをこちらに向ける。

「あー！　そうかい！　冒険者のヴァンさんよ！」

「それでいい！　今はカイルを守り、あの化け物を倒すことだけを考えよ！」

「あいよ！」

実際、陛下として扱う余裕などまったくないので、お言葉に甘えさせてもらう。

視界の端で、ジャビール先生が頭を抱えていたのが見えた。

本人が許可してるんだからいいんですよ。先生！

俺とヴァンが漫才をしている間に、カイルがザイードの胴体にエリクサーを塗っていく。

すると、骨、内臓、筋肉、皮膚が凄い勢いで再生されていくのだ。

「う、うお」

「……凄まじいな。まさかこんな形で効果を確認することになるとはな」

「ヴァン、薬の確認をしていなかったのか？」

「こんな貴重な物を、ほいほいと使えるものか。あらゆる方法で鑑定させた結果、本物だとはわかっていたからな」

「それもそうか」

改めてザイードをみると、完全に肉体が再生されているようだ。

カイルが慌てて自分のマントをザイードにかぶせる。

「う……」

すぐにザイードが頭を押さえながら上半身を起こす。エリクサーぱねぇ。

「お兄様！」

「……カイル？　ここは？」

あたりを見回すザイード。

頭でも打ったのか？　いや、頭どころの騒ぎではなかったが。

「お兄様、覚えていませんか？　ここは湿地帯で、ヌシである八ツ首ヒュドラと交戦中です」

「なに？」

ヒュドラと戦っているレイドックたちに目を向け、驚愕の表情を浮かべる。

「思い出したぞ……たしか……私の部隊でヒュドラを殲滅に出て、敗走途中にお前たちが救出に……」

ぶつぶつとつぶやいているが、何か様子が変だ。

「カイル！　なぜこんなところに出てきた⁉　貴様は病弱で！　……いや……病気はもう治って……それより、なぜ私はカイルを避けていた？」

両手で頭を抱え始めるザイード。

おい、ちょっと待てよ。

「ザイード……様！　さすがにそりゃああんまりじゃないか!?　あんた、カイルのことをずっと邪魔者扱いしていただろうが!?」

思わず、思わず怒鳴りつけてしまう。

俺は忘れないぞ！　あんたがカイルを危険な開拓地に追いやり、カイルの功績に嫉妬して、この無茶な討伐を始めたことを！

「なにを馬鹿な！　なぜ私がかわいい弟をそのような目に……」

反射的に俺に怒鳴り返したザイードだったが、次第にその声が尻つぼみになっていく。

「なぜ……だ？　なぜ、私は、カイルを……恨んでいた……のだ？」

「おい……あんた」

そこにジャビール先生が来て、俺の肩を押さえる。背伸びしながら。

「ちと待つのじゃ。ザイード様、貴方はカイル様を邪魔だと思っていたのではないかの？」

「違う！　……違うが……なぜだ？　たしかに……私はカイルにひどいことを……」

「ふむ」

ジャビール先生がしばし無言で目をつぶる。

「私としたことが……」

どうやら先生はなにかに気がついたようだ。

「先生！　なにが起きてるんです!?」

「クラフト貴様、エリクサーの効果を覚えておるか？」

「え？　そりゃ覚えてますが」

「口にしてみるのじゃ」

「は、はい……。万能霊薬エリクサーは、死んでさえいなければ、病気や怪我を完全に治療することができます。塗り薬で、食べると美味しいそうです」

「もう一つあるじゃろ」

「え？　ああ、あとは中度の呪いも治せ――」

そこで一度思考が停止する。

「あ……ああああああぁ⁉」

「そうじゃ。エリクサーは中度の呪いも治せるのじゃ」

「そ……それじゃあ⁉」

「まず間違いないの。ザイード様は呪われておった。……おそらくカイル様もじゃ」

「な⁉」

「どうりでどんな治療も役に立たなかったはずなのじゃ。しかし……」

さらに考え込む先生。

まだなにかあるのか？

「今はいいのじゃ。やるべきことがあるじゃろ」

「そうですね」

ヒュドラの首が減ったことで、レイドックたちがなんとか抑えてはいるが、長く放置できるものではない。

ふと、ヴァンが胸元から大きめのペンダントを引っ張り出していた。

そして、そのペンダントに向かってなにやらぶつぶつとしゃべり出す。

……まって！　あの輝きは……オリハルコン⁉

「よし」

ヴァンがペンダントを胸元に仕舞って、剣を掲げる。

「聞け！　我々はこれよりこの巨大ヒュドラを討伐する！　恐れるな！　勝機は今である！」

「ヴァン？」

確かにヒュドラの首は減ったが、怒り狂ってることを考えると、そこまで弱体化したようには感じないぞ⁉

「安心しろ！　今、ヒュドラに隙を作ってみせよう！」

言いながら、どこかで見たポーション瓶を取り出し、レイドックに投げる。

「これは⁉」

「それは！」

俺とレイドックの声が重なった。

レイドックが受け取ったその薬は……。

「スラー酒⁉」

「なに？」

俺やレイドックだけでなく、なぜかヒュドラも一瞬動きを止めた。

そしてそれまでカイルに襲いかかろうと頑張っていたヒュドラが、突然レイドック一人に狙いを変えたのだ。

「ちょっ⁉」

ヒュドラのやつ、酒ならなんでもいいのかよ⁉

「レイドックそれを早く飲め！　強化薬だ！　しかも継続時間は俺の作ったやつと比べものにならんくらい長いぞ！」

「お！　おう！」

レイドックは冒険者たちの援護も受け、なんとかスラー酒を飲み干す。

「……美味っ⁉」

ギョグワアアアアアアアアア！！！！

ヒュドラが怒りの咆哮(ほうこう)を上げた。

そして先ほどよりさらに怒り狂って、執拗にレイドックに攻撃を始める。

飲んべぇすぎんだろ⁉

「ありゃ」

ヴァンが計算外という風に言葉を漏らす。

「うぉい！　こら！　ヴァン！　これが秘策か⁉」

「いやー。まさか集中砲火されるとはなー。はっはっは！」

「笑ってる場合か!?」

怒鳴る俺に、ニヤリとヴァンが笑みを向けた。

「奥の手が一つだと、誰が言った?」

「へ?」

俺の間抜けな返答と同時に、突然巨大な火球がヒュドラに降ってきたのだ。

「なっ！　なんだ!?」

空を見上げれば、そこにはなんと飛竜……ワイバーンが飛んでいた。

しかもその背には見覚えのある人物が、完全武装で騎乗している。

「遅いぞ！　オルトロス！」

どうやら、カイルのお父ちゃんが登場したらしい。

どうなってんの!?

まさかの援軍は、あんたかいって話

霧を切り裂き、空から突如現れたワイバーンが、ヒュドラに火球を浴びせていく。

「父上⁉」

カイルとザイードが同時に叫ぶ。

「辺境伯は竜騎士だったのか……」

「……はい。知っている人は少ないのですが、竜騎士の紋章持ちです」

ベイルロード辺境伯は、ワイバーンでヒットアンドアウェイを繰り返す。

ヒュドラは上空とレイドックに意識が分散する。

もちろん、このチャンスを逃すレイドックたちではない。

「もらったぁ！　〝紅蓮昇竜剣撃〟！」

「いい加減倒れて！　〝白色熱線〟！」

「よくもカイル様を狙ったな！　〝螺旋旋風〟！」

レイドックとエヴァを中心に、次々と大技が繰り出される。

ゴールデンドーンの上位冒険者たちの一斉攻撃だ。

もちろんワイバーンの火球も凄まじい。

そして、とうとう。

ギュガアアアアアアァァァァァァ！

ゆっくりと、その巨体が崩れ落ちる。

巨大八ツ首ヒュドラの最期であった。

その場にいる全員が、油断なく警戒をしていたが、カミーユがゆっくりとヒュドラに近づき、つぶやいた。

「倒した」

全員がお互いを見やったあと、両腕を上げ、爆発したように歓声を上げる。

「うおおおおおおお！　勝ったぞぉおおおお！」

「俺たちの勝利だ！」

「ちくしょう！　手こずらせやがって！」

「レイドックしゃまぁあああああ！」

歓喜の声で満ちあふれる中、俺は全力で走り出す。

「兄様!?」

「マイナを連れてくる！」

「クラフト！　一人で行くな！　……くそっ！　あの馬鹿！」

すぐにレイドックとリーファンが続いてくれるが、俺は二人を無視して進む。

「マイナ！」

俺は彼女が隠れていたシェルターに飛び込む。

「……！」

膝を抱えて丸まっていたマイナが、びくりと震えながら顔を上げた。

「良かった。無事だったか」

俺は安堵の息を吐く。

「……遅……い」

「悪かった。でも、怖いヒュドラは倒してきたぞ」

「ん！」

マイナが俺に飛びつき、目一杯抱きついてくる。

俺はその頭をゆっくりと撫でた。

「頑張ったな、マイナ」

「……ん……ん！」

マイナは俺の腹に、頭をぐりぐりを押しつけながら、彼女に預けていたウサギの人形を取り出す。

「……ん」

「ああ」

俺は受け取ったウサギ人形を腰にくくりつけると、マイナが満足そうにさらに腕に力を入れた。

怖い思いをさせてしまったと、優しく撫でていると、俺の背後に妙な気配が漂う。

「ほう……なるほどな。クラフトはそういう趣味だったか」

「へー。ふーん。そうなんだー。クラフト君ってそうだったんだー」

首だけを後ろに回すと、レイドックが面白そうにニヤニヤと、リーファンがなんとも言えない複雑な表情をこちらに向けていた。

「俺は不思議だったんだよ。クラフトは結構モテるからな。今までどうして彼女ができなかったのか」

「は⁉」

「え？　クラフト君ってモテるの？」

「……う？」

レイドックの戯れ言に、リーファンだけでなく、マイナまで顔を上げる。

「冒険者時代から狙ってるやつは多かったぞ。ただ、本人は金がなくて奔走してたから気がついてなかったかもしれんが」

「はぁ⁉　初耳だぞ！　なんだそれ⁉　なんで教えてくれなかった⁉」

思わず叫ぶと、途端にリーファンとマイナの目が冷たくなる。

「ふーん？　興味あったんだ？」

「え？　いや、そりゃ……」

興味がないわけがない！

が、今それを言うのは、なぜか命に関わる気がして続けられなかった。

「いや、ほら、でも、俺は使えない魔術師だったから、それどころじゃなくてな？」

あれ？　なんで俺、二人に言い訳してるのん？

「へー？　暇があったらモテモテだったのかー。ふーん？」

「いや、それはレイドックが適当言ってるだけで……」

「ゴールデンドーンに来てからは、もっと狙ってるやつが多いぞ」

「レイドック⁉」

なんという裏切り⁉

それより、俺ってモテてたの⁉　知らないんだけど！

「へー、ふーん、ほー。クラフト君ってそうなんだー」

「……」

なんでリーファンは冷たい半目で俺を見つめるの⁉　ああ！　マイナもすすっと離れて、リーファンの後ろに！

俺が悪いの⁉

「さ、マイナ様。カイル様のところに戻りましょう。みんな待ってますよ！」

「ん」

リーファンとマイナが手をつないで、みんなのところへと戻っていく。

「……解せぬ！」

「運命だな」

レイドックうるせー！

俺は釈然としないまま、二人のあとを追うのであった。

◆　◆　◆

みんなのところへ戻ると、そこには異常な空気が流れていた。

冒険者とリザードマンがヒュドラの解体を始めていたが、カイルの私兵が一つの天幕を囲むように守っている。

近づくと元冒険者の私兵が声をかけてきた。

「マイナ様！　ご無事でなによりです！」

「……ん」

マイナがぺこりと頭を下げると、私兵たちの緊張した空気が少し緩む。

……表情まで緩めるなよ。

「クラフト様、マイナ様。お二人は天幕の中に」

「俺もか？」

「はい。ベイルロード辺境伯より言いつかっております」

俺は思わずリーファンに顔を向けるが、彼女は肩をすくめるだけである。

「わかった。マイナ、行こう」

「ん」

俺がマイナと二人で天幕に入ると、ベイルロード辺境伯とヴァンとジャビール先生が並んで立ち、その前にザイードが深く平伏していた。

カイルも片膝でかしずいていたが、ザイードのように平伏していない。

「おう、クラフト来たか」

ヴァンが軽い様子で俺に手招きする。

国王陛下なんだよな？　どういう態度を取ればいいの⁉

「マイナ、クラフト。カイルの横に」

「は、はい！」

俺が固まっていると、ベイルロード辺境伯……オルトロス父ちゃんが命令してくれた。俺は言われたままにカイルの横で片膝をつく。

（カイル！　どういう状況だ⁉）

（それが……）

カイルは困惑した表情を見せる。どうやらかなり面倒な状況になっているらしい。

「ふむ。クラフトも来たことだ。オルトロス、状況整理のため、もう一度頼む」

「はっ！　今まで原因不明でジャビールでも治療できなかったカイルの病気ですが、エリクサーの使用で完治いたしました」

そこから説明？

「ザイードが瀕死の重傷を負ったため、陛下のエリクサーにて治療。するとザイードのカイルに対する感情に大幅な変化を認めます」

オルトロス父ちゃんは、ヴァンに対して陛下としての対応をしているようだが、上座にいるのはベイルロード辺境伯である。どうなってんのよ。

だが、気にする様子もなく、ヴァンはオルトロスに頷く。

「ジャビール。其方の見解を述べよ」

「は！　これは想像じゃが、ザイード様は呪われていた可能性が高いと思うのじゃ。カイル様に関しては想像の域を出ませんのじゃ」

「ふむ……」

話が進む間も、ザイードはただただ、深く平伏したまま。なんだか別人にすら感じられる。

「ジャビール。カイルとザイードが呪われていたとしたら、誰がそれをできた？」

ヴァンの質問に、ジャビール先生が目をつむり、眉間にしわを寄せる。

どうやら、言いづらいことらしい。

「……想像の域を出ないのじゃ」

「かまわん。申せ」

「……私はザイード様の主治医でもあり、カイル様を何度も診察したのじゃ。私の目を盗めるのは一人しかおらん」

ジャビール先生は決意したように目を開けた。

「ザイード様の母君、ベラ様なのじゃ」

カイルとオルトロスが目を見開く。

おいおいおい！　よりにもよって身内の犯行かよ！

ベラってたしか、最初のゴールデンドーン村をカイルから取り上げ、ザイードに統治するよう意見してきた、ケバいおばさんだよな？

俺の疑問をよそに、ヴァンは大きく頷いた。

「オルトロス！　今すぐガンダールへ戻り、ベラを捕らえよ！　ザイードも連れて行き、こいつも牢に放り込んでおけ！」

「はっ！」

「私は陸路でガンダールへと向かう。話はそこで合流してからだ」

「一緒に戻られないのですか？　私のワイバーンであれば、三人ならなんとか乗れますが……」

「それはオルトロスに女二人の場合だろう。俺は重いからな。今は速度が重要だ。行け！　オルトロス！」

「……はっ！」

オルトロスは一度跪き返事をしたあと、ザイードに感情のこもっていない声をかける。

「ザイード。行くぞ」

「……はっ」

ザイードは抵抗するでもなく、素直にオルトロスに続き、二人はそのままワイバーンで空高く飛んで行ってしまった。

「さてカイル」

「はっ」

ヴァンは俺たちに視線を戻す。

「お前は一度ゴールデンドーンに戻り、事後処理をしたあと、オルトロスの直轄地であるガンダールへ向かえ。今回の主要メンバーを忘れるな。誰を会議に出席させるかは現地で決める」

「はっ！」

どうやら、これからのことはベイルロード辺境伯の首都で決めるらしい。

「一時的にザイード村もカイルを統治責任者とする」

「かしこまりました」

「さて、クラフトよ」

「はっ！」

「ばーか。今の俺はただのヴァンだ。かしこまる必要はないぞ」

いやいやいやいや！　ベイルロード辺境伯とカイルがかしずいているのに、俺だけ普通に対応できるかっての！

「わはは！　冗談だ！　だが、この天幕を出たら、冒険者として対応しろ」

「それは……命令ですか？」

「ん？　友人としてのお願いだ」

「……は」

はー。もうしらん。普通に冒険者扱いしてやらぁ！

「ところで陛下はこれからどうするのですか？」

「国王としての俺は、ガンダールに向かう」

「了解いたしました。では、そこまで護衛をつけます」

「ん？　なにを言ってるんだ？」

「え？」

カイルが間抜けな返事をするのもしかたない。俺にもなにを言ってるのかわからん。

「冒険者としての俺は、ゴールデンドーンを観光するからな！　そのあとはカイル様の護衛として一緒にガンダールに向かうぞ」

「はぁ!?」

思わず俺は素っ頓狂な声を上げてしまった。

陛下に対する態度なら、打ち首レベルだろう。

「よし！　それではお前の町を見せてくれ！」

こうして、自由奔放な陛下の極秘（？）視察が決定したのだ。

「……ヴァン！　飛び入りの冒険者ならレイドックの言うことをちゃんと聞けよ！」

俺がやけくそで叫ぶと、ヴァンがニヤリと笑い、ジャビール先生が頭を抱えるのであった。

お家に帰るまでが、戦争ですって話

八ツ首ヒュドラを切り刻み、すべてを空間収納に突っ込んで、湿地帯をあとにした。

ザイード村に寄って、ザイードの私兵を置いていく。

「カイル様！　このたび、一人の死者もなく家に帰れたのはあなた方のおかげです！　改めてお礼申し上げます！」

兵士長が深々と頭を下げた。

道中もずっと感謝され続けていたが、最後に私兵全員が整列して礼を捧げてくる。

規律だった動きで、兵士としての優秀さを見てとれる。

よくよく考えると、カイルが開拓村に旅立つとき、ザイードは私兵を連れていたが彼らは実に統率がとれていた。

ゴールデンドーンが要求する冒険者のレベルが高すぎるだけで、兵士としての能力は高いのかもしれない。

「こちらこそお世話になりました。ゴールデンドーンに戻ったらすぐに代官を送るので、しばらく不自由をおかけします」

この村の統治を一時的に任されたカイルが頭を下げると、兵士長が慌てる。

「お顔をお上げください！　カイル様、ザイード様が留守の間、我々がこの村を守ってみせます！」

「はい。よろしくお願いします」

こうしてザイードの私兵たちと別れ、ゴールデンドーンへの帰路につく。

急いで冒険者ギルドに仲介してもらい、丈夫な馬車を一台購入した。

え？　理由だって？　そりゃ……。

「だから私はカイルの護衛だから、外を歩くと言っているだろう」

「いやいやいや！　頼むからあんたが先陣切って進むのはやめてくれ！」

「わかった。先頭は諦めよう」

「おとなしく馬車に乗ってろって言ってんの！」

俺がヴァンに怒鳴りつけるが、当の本人は耳くそをほじりながら「ほーん」とか抜けた声を出してやがる。

少し離れたところで、ジャビール先生が頭を抱えていた。

いいんですよ！　冒険者として扱ってやれば！　王族として扱ったら面倒なんですよ！

俺が心の中で叫んでいると、苦笑しながらレイドックが近づいてきて、俺の肩を叩いて止めた。

「あー、待てクラフト」

「なんだ？」

レイドックがヴァンに向く。

「あー、ヴァンさん。あんたはカイル様とマイナ様とジャビールさんと一緒に馬車に乗って、護衛してくれ」

「ん？」

「もともと、俺のパーティーメンバーかキャスパー三姉妹の誰かに同乗してもらう予定だったんだ」

「そうか……わかった」

ヴァンは一瞬つまらなそうな表情を見せたが、ニヤリと口元を緩める。

「お前、人の使い方をわかっているな」

「褒め言葉として受け取っておきますよ」

「本心だぞ」

ヴァンが軽く手を振りながら、馬車に乗ってくれる。

ようやく俺たちはゴールデンドーンに旅立った。

さて、こうして出発したわけだが、この馬車につなげた馬は、すべてゴールデンドーンで育てた馬である。

つまり……。

「うおおおおお!?　なんだこの速さは!?　これが行軍速度だと!?」

「窓から顔を出してると、舌を噛むぞ！」

「わははははは！　これでは早馬と変わらぬ速度ではないか！　軍隊の移動速度など、普通は徒歩より遅いというのに！　わはははははは！」

なにが楽しいのかわからないが、ヴァンのやつ、やたらとご機嫌である。

もっとも、数日するとさすがに飽きたのか、顔を出さなくなってくれたが。

◆　◆　◆

「うおおおおおお⁉」

「今度はなんだ⁉」

しばらく静かだと思ったのに！

俺たちの移動速度なら、ゴールドンドーンまでもうすぐという位置で、再びヴァンが騒ぎ出した。

「これが叫ばずにおられるか！　見ろ！　この広大な小麦の海を！　水平線ならぬ黄金平線（ゴールデンホライゾン）だぞ！」

「……俺は海を見たことがないから、水平線がわからない」

「なんだ。クラフトはこの国の南には行ったことがないのか？」

「海まではないな。一度見に行ってみたいんだがなぁ」

「ふーむ。じゃあ休暇が取れたら、俺が案内してやろう！」

「え？　いいのか！　そりゃあ楽しみだ！」

俺とヴァンが笑いあっていると、馬車の中でジャビール先生が頭を抱えていた。

……うん。陛下だったたね。忘れてたよ。

「なるほど……クラフト小麦がオルトロスの領地を中心に広がっているわけよ。よもやこれほどの生産量とは」

「そのクラフト小麦って名前変えられませんかね？」

「俺がつけたわけじゃない。諦めろ」

「ううう……」

気がついたときには、クラフト小麦って名前で流通してたんだよ！

「この小麦と、湿地帯の開墾が終わり、米が収穫できるようになれば……」

ヴァンはものすごく悪い顔で自分の顎を撫でていた。

きっとろくでもないことを考えているに違いない。

馬車に同乗しているカイルが、恐る恐る、ヴァンに声をかける。

「あの……陛下」

「カイル。ヴァンと呼ばんか」

「えっと、ヴァンさん。もうすぐ街につきますので、屋敷に到着するまで、外を覗くのを控えていただきたいのですが……」

「別に見るくらいいいだろう？」

ヴァンが口を尖らして抗議する。

「カイルが乗っているのがわかると、住人に囲まれるんだよ」

「馬車が一つの時点で同じことだろう？」

集団の中に馬車が一台なら、そこにカイルが乗っているのは、住人にだってわかるだろうと、口をへの字にした。

「あんたが馬車で街を移動するとき、外から顔が見えているときと、見えていないときで、住民の反応が変わらんのか？」

「俺の馬車は分厚いカーテンがついている……ああ、わかった。屋敷に着くまで我慢しよう」

どうやら、カーテンを開けたら大変なことになった経験でもあるのだろう。なにかを思い出したように、ヴァンは軽く手首を振った。

「わかってくれてなによりだ。それより物見遊山でカイルの護衛を忘れるなよ」

「ふん。任せておけ」

ああああ、とジャビール先生が頭を抱えた。

先生、考えすぎです。こいつ楽しんでますから。

「うぉぉぉおおおおおおおお!?」
予想はしていたが、カイル邸に到着し、ようやく降りることができたヴァンは、今までで一番の音量で驚いてくれた。
ヴァンのやつ、右を見て、左を見て、上を見て、そのたびに叫ぶのだ。
ふふん。ゴールデンドーンはすげぇだろ。

ひとしきり興奮したあと、ヴァンがカイルの肩に手を回し、ぐっと身体を寄せる。

「カイル。凄まじい都市だな」

「都市……と言ってしまっていいものでしょうか？」

「王都より発達した街を見せられ、それを認めぬアホウはおらぬ」

「ありがとうございます」

どうやらカイルは褒められていると判断してお礼を言うが、直後、ヴァンのセリフに顔を青ざめた。

「カイル。王国を簒奪するつもりか？」

「なっ⁉」

「ちょっ⁉」

ヴァンの表情はそれまでの、気さくな冒険者面ではなく、敵を値踏みする貴族のそれだった。

「滅相もありません！　僕はただただ、住民の安全を第一として！」

「そうだぞ！　カイルはそんなつまらない野望を持つ人間じゃない！」

俺とカイルがほぼ同時に声を上げると、ヴァンは真面目くさった表情筋を、ぷるぷると震えさせる。

「……ヴァン？」

「ぶ……ぶははは！　ダメだ！　我慢できん！　うははは！　わはははは！　お前ら本当に面白すぎる！」

「あの……陛下……」

カイルが声をかけるも、ヴァンのやつ、とうとう膝をついて、地面を叩き始めたぞ。

どんだけ面白おかしいってんだ！

「ぶははは！　ははは！　はぁ！　はぁ！　酸欠になりそうだ」

「なら、笑うのをやめてくれませんかね。こっちは血の気が引いて、逆の意味で酸欠になりそうだったんだよ」

「いや、悪い悪い。王の立場をつまらないと言い切るやつがいるとはな」

「あ」

でも、それを言ったのはカイルじゃなく俺だからね！

「まったく、こんなに笑ったのは何年ぶりか。だが、あの王都の城壁より立派な市壁を見れば、どんな権力者とて、警戒するだろう」

「ヴァンさん……いえ、陛下。僕は誓って――」

「言わんでいい」

「……はい」

ヴァンはぷらぷらと手首を振って、カイルの言葉を遮った。

ま、たしかに時間の無駄だな。

「それより、俺はどこに泊まるかね。そうだクラフト。お前の家に――」

「ヴァン。あんたがゴールデンドーンに滞在中はカイルの護衛をお願いしたい。報酬はカイル邸での宿泊と、好きなだけの飲み食いだ」

俺はヴァンに最後まで言わせず、ぴしゃりと述べた。

するとヴァンはニヤリと笑みを向ける。

「引き受けた」

こうしてしばらくヴァンはカイル邸でもてなされることになった。

うん。俺んちに住み着かれるとか、勘弁して欲しい。

▼お忍びとは、いいご身分だなって話

ゴールデンドーンに到着した夜。

改めてカイルの屋敷に、今回の主要メンバーが集まっていた。

広い会議室が狭く感じるほどの密度だ。

気分をほぐすためか、最初はカイルのお礼の言葉から始まる。

「クラフト兄様。改めてお礼を言わせてください。マイナを守ってくれて本当に感謝しています」

「……ん」

すでに俺の膝の上に鎮座しているマイナが、カイルの言葉に合わせて小さく頭を下げる。

「――みなさん、僕は全員の身を危険にさらしました。皆に対してどのように責任を取るべきなのか、答えが出ないのです」

カイルが暗い顔をしている。どうやら自分の責任をみんなに問うための会議のようだが、それはお門違いというものだ。

今回、どう考えても悪いのは俺である。

「いや。むしろ二人を危険な目に遭わせた俺が、責められるべきだろう」

俺が二人に頭を下げると、レイドックが首を横に振った。

レイドックとソラルの二人が会議に参加している。

「違うぞクラフト。俺からすればカイル様とマイナ様だけではない。お前も護衛対象だったんだ。不甲斐ないのは俺たちだ」

レイドックの横に座るソラルも悔しそうに頭を下げる。

するとソラルの逆側に座っていたキャスパー三姉妹の長女、エヴァがうなだれる。

「いいえ。レイドック様は指揮官だったのです。一番そばで護衛していた私たちにこそ責任があります」

今度はカイルの背後に立つアルファードがため息をついた。

「馬鹿なことを言うな。カイル様の護衛は私だ。誰がなんと言おうと、すべての責任はこの私にこそある」

アルファードに別の声がかかる。

リザードマンの代表として出席しているジュララだ。

「いいや。此度の件。我らリザードマンにこそ責任がある。カイル様の大恩に、我らは命を賭して応えねばならなかったのだからな」

この場にいる主要メンバーのほとんどが、ずーんと沈み込む。

自分が悪い、我が悪いと言い合う俺たちだったが、その暗い空気は笑い声によってぶち壊された。

「ぶはははは！　まったくお前らときたら！」

「……真剣な話をしてるんだけどな。ヴァンさんよ」

俺がじと目を向けるも、やつは不敵な笑みを返すだけだ。

「ふん。その理屈でいけば、カイルとマイナを絶対に守ると誓って雇われた冒険者の俺こそが、責を負うべきだろう」

ヴァンはくだらないという風に、手首をひらひらと振る。

「今回の件は、ひどく簡単なことだ。想定以上に……いや、戦争しにいったら災害に巻き込まれたようなもんだ。誰の責任でもない」

「ですが陛下……」

「責任と言うが、なんの責任を取るつもりだ？　死者はゼロで、けが人もすべて治療済み。湿地帯のヌシも倒した。お前が取るべき責任がそもそも存在せん」

「あ」

俺は思わず間抜けな声を出してしまった。

たしかに結果だけみたら、大成功じゃないか！

呆け気味のカイルに、ヴァンが続ける。

「ふん、カイル。貴様は大成功した責任者だぞ。お前が取るべきは勝利の責任だ。勝利者の代表として、胸を張るのがお前の仕事だ」

カイルはしばし目を丸くしていたが、ヴァンの言葉通り背筋を正す。

「……はい！」

「うむ」

さすが王様だな。

ヴァンのおかげで、胸につかえていた心のトゲが、全て洗い流された気分だ。

俺たちは憂いがなくなり、辺境伯のところへ向かうまでの短い間、忙しい日々を過ごすことになる。

そして、その日はやってきた。

「祭りだ！」

ヴァンの叫びがあたりに響き渡った。

カイルが必死になって、留守中に溜まった仕事と、ザイード村の仕事と、祝勝会の準備と、辺境伯のところへ向かうための準備に追われる中、ヴァンの野郎、ほとんど毎日、物見遊山気分で観光してやがったよ！

だが、一人で放り出すわけにも行かず、同行という名目で、俺とレイドックとソラル。さらにキャスパー三姉妹。あとなぜかジタローが一緒に行動することが多かった。

「祭りっすよ！　ヴァンさん！」

「おう！　これは凄いなジタロー！」

「ゴールデンドーンの祭りはすごいんっすよ！」

妙に意気投合し、お互いに肩を抱き合い、酒瓶を振り回している姿が似合いすぎていた。

「なんであいつは、あんなに馴染んでんだ？」

レイドックが呆れて零す。

「知らん。なんつーか。ジタローらしいというかなんというか」

ヴァンとジタローが近くの女性に「へーい！　かのじょー！　ちょっと住所氏名年齢趣味好物を語り合おうぜー！」と声をかけては逃げられていた。

……いや、いろいろおかしいだろ！

「はぁ……今頃カイルは住人にスピーチしてるんだよな。俺はこんなやつのおもりじゃなくて、カイルのかっこいいところを見たかったよ」

「それは、同感だな」

俺とレイドックがそろって苦笑する。

街の中央広場には、ヒュドラの首が三本ほど置かれ、目一杯装飾されていた。

おどろおどろしい姿だが、ここまで飾り付けをすると、どこか愛嬌すら感じるので不思議である。

「あ！　クラフトさん！　やりましたね！」

「こんなでかいヒュドラがいたんですねぇ！」

「ちっくしょー！　知ってたら俺も参加したのに！」

無料で酒を配っているあたりに、冒険者たちがたむろしていた。

今回参加した冒険者も、ゴールデンドーンに残ってくれた冒険者も、肩を組んで杯を酌み交わしている。

「湿地帯の開拓！　それは人類の夢！　大量の米が人類の胃袋を救うのだ！」

「ヴァインデック・ミッドライツ・フォン・マウガリー国王陛下に続く大偉業ですね！　クラフトさん！」

ヴァインデッ……なに？

あ、ヴァンの本名か。舌を噛みそうな名前だな。

俺はヴァンに耳打ちする。

「偉業って、なんのことだ？」

「細かいことは省くが、かなりでかい湿地帯を開拓し、大量の米を作れるようにした。まあ今回の湿地に比べるとだいぶ小さいものだったが、それでも、俺が兄弟を差し置いて国王になった最大の功績だ」

「……凄いじゃん」

「凄いんだよ。尊敬したか？」

「少しな」

「なら、あそこの肉串を奢れ！」

「はいはい」

俺は肩をすくめながら、小銭を取り出すのであった。

手放すことで、手に入れられるものもあるって話

ヴァンの護衛はレイドックとソラル。それとジタローがついて、俺とキャスパー三姉妹は休憩がてらの食事をしていた。

俺たちの前には、たくさんの美味いものが山盛りになっている。

「す……凄い祭りですね」

ぼそりとつぶやいたのは、キャスパー三姉妹の長女であるエヴァだ。

現状で王都に匹敵する規模のゴールデンドーン全体が浮き足立っているのだから、初めて見たら驚くだろう。

それまで、驚きつつも楽しんでいたエヴァが、ふと表情を曇らせる。

「私は、いえ、私たち姉妹は、思い上がっていました」

エヴァは教会で告解しているかのように、ゆっくりと語り出す。

「リザードマンの村での出来事で、レイドック様と差があることは理解していました。ですが、今回のことで、その差がとてつもないものだと実感したのです」

彼女はしばらく黙ったあと、もう一度同じ言葉をつぶやく。

「私たちは、思い上がっていたのです」

エヴァは遠い目を空に向けていた。

「そんなことはないと思うぞ。レイドックと比べるのが間違ってる。あいつは特別すぎだ」

なんてったって、俺がなりたかった冒険者像そのものなんだからな。

するとエヴァが小さく笑った。

「ふふ。それはそうですね。レイドック様は特別です」

「……なんか、急にあいつの弱点を叫びたくなってきた」

「あるのですか？　弱点」

「……ああ見えて、女が得意じゃない」

「それは、弱点じゃなくて、魅力ですよね？」

俺は立ち上がって叫んだ。

「イケメンリア充はもげろーーーーーーーーー！」

魂の叫びは、星まで届いたはずである。たぶん。きっと。

ぐすん。

◆　◆　◆

空は暗くなり、星空となっていたが、大量の篝火(かがりび)で、今日だけは星が少ない。

「クラフト兄様」

ようやく一段落したのか、カイルやマイナたちも合流し、一緒に食事を楽しむ。

この日ばかりは一般市民が普段食べられない高級な食材が並び、住民から笑顔が絶えない。

カイルたちがやってきてしばらくは住民に囲まれていたが、ようやくお礼を言いに来る者もいなくなり、ゆったりとした時間が訪れる。

マイナが俺の膝の上で船をこぎ始めた頃、俺たちの輪に、見知った顔が近づいてきた。

「すみません、少しよろしいでしょうか？」

やってきたのはレイドックのパーティーメンバーで、ここ数日は別行動をしていた神官のベップと、魔術師のバーダック。それに戦士のモーダの三人。

彼らは穏やかな表情の中に、決意を持っていた。

俺は、彼らの目を見た瞬間、なにをするつもりなのか理解した。してしまった。

三人がレイドックとソラルの前に立つ。

「レイドック。私たちはパーティーを抜けます」

「ベップ？」

レイドックはうろたえるが、俺にはわかる。ベップの言葉に迷いは一切ない。

「ちょっと待ってくれ。いったいなにが不満なんだ？　俺は未熟なリーダーだが、できるだけ平等を心がけてきた。もし足りないところがあるなら――」

「あなたに足りないところなど、なに一つありません。安心してください」

ベップがレイドックの震える声を遮って、断言する。

「なら――」

「あなたが足りないのではありません。私たちが足りなすぎるのです」

「俺はお前たちのことを――！」

レイドックが慌てて立ち上がろうとするが、モーダがその肩を押さえる。それを確認して、次にバーダックが静かに語り出した。

「レイドック。お前は強くなった。本当に強くなった。ソラル、お前もだ。もちろん俺やモーダも二人に追いつくため、全力で努力してきた。だが……」

バーダックがそっと自分の左手に目をやる。

そこに紋章はない。

「限界だ。これ以上はもう足手まといにしかならん」

レイドックが叫ぼうとするのを、バーダックが先制して止める。

「頼む。これ以上言わせるな」

「……っ！」

がりがりと、レイドックが奥歯を噛みしめる。

「俺に……俺にまた、クラフトと別れたときと同じ後悔をしろって言うのか⁉」

泣きそうな表情だった。悔しそうな表情だった。

こいつ……俺が抜けたことを、そこまで思っていてくれたのか……。

俺までもらい泣きしそうになる。

レイドックの横にいるソラルは、時々視線を逸らすだけで、ずっと黙って聞いていた。

彼女にはわかっていたのだろう。バーダックとモーダとの実力が離れすぎてしまったことを。

だが、それなら神官の紋章を持つベップは？

俺がそのことを口に出そうとするが、ベップはそれに気づき、俺に向かって手のひらを向けた。

「私たちは三人で新たなパーティーを組みます。戦士と魔術師の組み合わせに、回復役は必須でしょう？」

「待て！　その理屈なら、剣士とレンジャーだけになる俺たちは――！」

今度の言葉も、ベップによって遮られる。

「そこであなたのパーティーに、推薦したいメンバーがいるのですよ」

「……なに？　推薦だと？」

レイドックのうろたえ方は、見ているだけでこちらも苦しくなるほどだ。

ソラルも苦しそうに顔を逸らしている。

「エヴァさん」

「ふぁい!?」

それまでことの成り行きを見守っていたエヴァだったが、いきなり名前を呼ばれ、間抜けな声で返答してしまう。

うん。気持ちはわかる。

「私はあなたたち、キャスパー三姉妹をレイドックとソラルのパーティーに推薦したいと考えています。どうでしょう？　よければ前向きに考えてくれませんか？」

「私が……レイドック様のパーティーメンバーに？」

「はい。この場で決める必要はありません。数日したら、辺境伯の住まう街、ガンダールに共に旅立つでしょう？　時間はありますよ」

「そ……それは……」

ああ。さすがベップだよ。バーダックの考えかもしれないが、抜ける三人は戦士、魔術師、神官とバランスがとれている。

レイドックのパーティーも、キャスパー三姉妹が加われば、前衛二、中衛、魔術師、神官とこれまたバランスがとれていた。

ただ、抜けるというのではない。お互い最良の道を示しているのだ。

「お……俺は……」

レイドックがなにかを言いかけて、奥歯を噛みしめ、言葉を飲み込む。

「なんて顔をしているんですか。別に私たちはゴールデンドーンを出るわけじゃありません。むしろ定住予定ですよ」

「……え？」

「同じ街にいるのです。いつだって会えるじゃないですか。……仕事がなければ」

ベップがにこりと笑うと、モーダが無言で頷き、バーダックがニヒルに口元を緩める。

「ああ……うん。そうだな。別に……永遠の別れってわけじゃ……ないんだよな？」

「仕事によっては一緒に行動することだってあると思いますよ」

「ああ。ああ。そうだな」

レイドックは泣きながら頷いた。

別れるための言い訳を、ここまで用意してもらったのだ。ここで頷かなければ、逆にこの三人を裏切ることになる。

「……今日は。朝までは、同じパーティーなんだよな？」

「……はい」

「なら、飲もう。記憶がなくなるまで、最高の酒を飲み散らかすぞ！」

「はは。今日くらいは付き合いましょう」

「魔術師に酔えとは無茶を言ってくれる。……最初で最後だ」

「ん」

最後にモーダが無言でジョッキをテーブルに置いた。

レイドックがクソ高い酒を惜しげもなく全員の杯についでいく。

「よし！　これからの俺たちに！」

「「「「これからの俺たちに！！！」」」」

五人が声高らかに杯を打ち合ったあたりで、俺はその場を離れた。

もちろん、他のメンバーもだ。

カイルとマイナと並んで屋敷に戻る。

「なんだか……少しうらやましいと思いました」

「そうだな」

さみしくも、その絆の深さがうらやましいと思ってしまったのは、俺だけではなかったらしい。

カイルの言葉に、救われた気がした。

お堅い話は、面倒だよなって話

それから数日がすぎ、祭りの熱が収まってから、湿地帯で活躍した主要メンバーを中心に、カイルの父親——ベイルロード辺境伯の住む街、ガンダールへ出立した。

実力者揃いなので、特にトラブルもなく、ガンダールへと到着する。

到着した次の日の朝、ヴァン以外の全員が集まった。

ベイルロード辺境伯とマウガリー国王陛下の連名で招待されたのは、カイルとマイナ。これは当たり前だな。

俺とリーファンはセットで呼ばれている。

レイドックとパーティーメンバーのソラルも招待されている。残りの三人はパーティーから外れたことを考慮してか、もともとレイドックとその彼女だけということなのかは知らないが、招待されていない。

当然ジャビール先生もいる。

さらにキャスパー三姉妹が全員。

驚くべきはシュルルが招待されていることだろう。ドワーフとノーム以外でこのような公式の場に亜人が招待されるのは、極めてまれらしい。

本当はジュララが来る予定だったのだが、湿地帯の後処理に残るため、代表としてシュルルが来ることになった。

あと、ジタロー。

……ヴァンの野郎、仲良くなりすぎだろ。

リュウコはメイド枠なので、招待客というわけではないが、基本的に全員の身の回りの世話役として同行が許された。

最後はアルファードとペルシア。

アルファードは湿地討伐隊の一人なので、招待客兼護衛。

ペルシアは純粋にカイルとマイナの護衛として同行。

……カイルが功績を称えられる姿をなにがなんでも見るのだと、留守番を嫌がったというのもある。

朝食を食べながら、カイルが全員に今日の予定を述べる。

「午前中に、事前会議があります。これには僕とクラフト兄様、それとジャビールさんのみが出席します」

「三人だけか？」

「護衛として、アルファードとペルシアは同行しますが、発言できるのは三人の予定です。おそらく父と陛下との、実務的な話し合いになると思います」

「つまり、ぶっちゃけた話をすると」

カイルが頷く。

「カイルの父ちゃんがいなけりゃ、気が楽なんだけどな」

「あの、兄様。国王陛下の前で気楽な態度は……」

「それもそうか」

だが、正直ヴァンよりベイルロード辺境伯のほうが緊張する。

むしろ気が抜けなくていいのか。

「明日は正式な式典があります。これは全員参加です」

ぶっちゃけ話の次の日に、堅苦しい式典か。

予定では黙って座っているだけでいいらしい。

あとは事前に練習したとおりにやるだけだ。

いざというときは、リュウコに聞けばいいしね！

全員で歩き方や、礼の仕方などを再確認し終わった頃、部屋に呼び出しがかかった。

「行きましょう」

「おう」

カイルとジャビール先生と並び、俺たちは小さな会議室へと案内された。

◆　◆　◆

「おう、来たかカイル」

「おはようございます。マウガリー陛下。父上」

「まぁ座れ」

テーブルにはカイルの父親である、ベイルロード辺境伯とヴァンが正面に並んで座っていた。

彼らの後ろには、護衛と側仕えが控えている。

テーブルの左右には、辺境伯の長男フラッテンと、黒いドレス姿の少女が着座していた。

フラッテンは若返り薬をかき集めているらしく、ザイードより若く見える。

イケメンで、鋭い目つきをこちらに向けている。

フラッテンの反対側に座る少女……少女と言っても俺と同じくらいの年齢だが。

黒薔薇姫とか言われている、カイルの異母姉弟だったと思う。

レイラとか言ったかな？

そして、一番気になるのが、部屋の隅にいる人物である。

ザイードが手かせをつけられた状態で兵士に挟まれていた。神妙な表情でまるで感情を読めない。

「よし、これより事前会議を始めるぞ。オルトロス」

「は。それではこれまでに判明した事実を教える。全員、これから語ることは他言無用である」

「「「はい」」」

俺、カイル、ジャビール先生が表情を引き締める。

「結論から言おう。すべての黒幕は、私の妻であり、ザイードとレイラの母親……ベラ・ベイルロードであった」

ベイルロード辺境伯は、かたく目を閉じる。

カイルは目を伏せ、ジャビールは自分の顔を覆う。

ザイードは、感情が失せたように無表情だった。

「そしてベラは……生まれ故郷であるデュバッテン帝国へと逃亡した」

真っ黒じゃねーか。

罪を憎んでも、人を憎まずって話

黒幕はザイードの母親ベラ。

その子供である黒薔薇姫が「ふう」と小さくため息を吐いた。

「お母様は、もうこの国にはいないのですね？」

黒薔薇姫レイラに、カイルの父、ベイルロード辺境伯が頷く。

「どのような手段を使ったのかはわからぬが、マウガリア王国とデュバッテン帝国をつなぐ、山岳国境を越えたのはほぼ間違いない」

「ならば……もう本心を隠して生きる必要はないのね」

レイラがカイルに振り向く。

「カイル。今まであまりかまってあげられなくてごめんね？　ずっとお母様が怖くて、言いなりだったの」

「レイラお姉様……」

カイルが泣きそうな表情でレイラを見つめる。

「レイラ。ベラが怖かったとはどういうことだ？」

「言葉で説明するのは難しいのですが……、ザイードお兄様を領主にするためだけに生きていたような……」

「ふむ……」

ベイルロード辺境伯が腕を組み、黙考する。

するとヴァンが片手を振った。

「うちの魔術師や神官を総動員して、ザイードとカイル、それにマイナに呪いがかかっていたことは確認した」

「え」

マイナという言葉に、思わず声が出てしまった。

やばっ！　国王陛下を前に不敬になる！

ヴァンの背後に控える騎士と側仕えがピクリと動いたが、ヴァンはニヤリと笑い、話を続ける。

どうやらなかったことにしてくれたらしい。

「安心しろ、マイナの呪いはごくごく軽いものだった。食が細くなる程度のものらしい。そしてもうほとんど消えかかっていた。もちろん昨日のうちに、解呪済みだ」

マイナまで呪われてたのかよ！　ベラってやつ、許せねぇ！

「カイルとマイナは双子だ。生まれる前に呪いを受け、その大半がカイルに、ほんの少しだけマイナに分けられたようだ。カイルがこの歳まで生きてこられたのは、わずかでもマイナに呪いが分散していたからだ」

そうか、マイナは人知れず、兄を助けていたのか。

あとで褒めてやろう。

「カイルとザイードの二人は、かなり複雑な呪いがかかっていたと思われる」

思われる？

「エリクサーで呪いの大半が消え去っているからな。ただ、複合的な呪いだったらしく、いくつか特殊な呪いが残っていた。こちらも解呪済みだ」

エリクサーは万能薬ではあるが、解呪はおまけみたいなもんだからな。

ヒントがあったとはいえ、二人の呪いを調べて解呪した王宮の魔導師や神官が凄い。会う機会があれば、ぜひお礼を言いたい。

ジャビール先生がため息交じりに羊皮紙の束をテーブルに放り出した。

ヴァンの側仕えに渡されていた資料のようだ。

「呪いを隠蔽するための呪いがあるとはな……、こんな面倒な呪いをよくもまぁ何年も維持したものじゃ。考えてみると、カイル様とマイナ様を危険な辺境に押しやろうと強行した時期も、ベラ様がカイル様と接触する機会が減ってきていたタイミングじゃな」

ヴァンがぼりぼりと頭をかく。

「ベラは犯罪者として手配。同時にオルトロスとの婚姻を解消だ。帝国にはこちらから抗議とともに連絡しておく」

「は」

ベイルロード辺境伯が背筋を正す。

「さて、そうするとお前は独り身になるが、領主がそういうわけにはいかん。オルトロス、俺の娘から好きなやつを娶れ」

「は……は⁉　陛下の娘で婚姻が決まっていない方は、成人していない方がほとんどだったと思うのですが！」

「一人か二人、成人してた気もするが……なんだ、俺の娘では不服か？」

「いえ……そういうわけではありませんが、さすがに年齢が！」

「親子くらいの年齢差なら珍しくもないだろう。これは王命だ。好きなやつをやるから選んでおけ」

おおう。

貴族の婚姻こええ！

ヴァンが腕を組む。

「……私の姉であるイルミナを大切にしていてくれたことは感謝している」

イルミナ……カイルとマイナを産んだ母親か。

ってことはベイルロード辺境伯の子供のカイルとマイナも王族の血を引いてるってことか！

重要な辺境伯なんだから、そのくらいは当然なのか。

「そして、帝国との国際的な関係を強化するためだけに、ベラを第二夫人として半ば無理矢理娶らせたことも、申し訳ないと思いつつ、感謝していた」

「それは、辺境伯として、必要なことでした」

オルトロス父ちゃんとベラは、政略結婚だったのか。

「思い出すな。オルトロスの飛竜でベラとジャビールを連れてきたときのことを」

「あのときは大変だったのじゃ……」

そうか！

帝国とは険しい山道くらいしかつながってないので、どうやって輿入れしたのかと思ったが、飛竜で連れてきたのか！

俺が納得していると、ヴァンが鋭い視線をベイルロード辺境伯に向ける。

「オルトロス、跡継ぎはどうする」

「フラッテンで決定とします」

「カイルの選択肢はないのか？」

ベイルロード辺境伯がカイルに目をやる。

「……カイルは、領主に向いておりません。跡継ぎにするつもりはありません」

ヴァンが片眉を上げる。

「それは何度も聞いた。理由をここで述べろ」

「……は。カイルは……優しすぎます。領主には心を鬼にして犠牲をいとわぬときが必ず来ます」

俺は思わず反論しそうになる。

カイルは優しいが、いざというときには必ず領主としての責任を果たせると。

だが、続く辺境伯の言葉に息をのむ。

「おそらく、カイルは最終的に義務を果たす判断を下せるでしょう。ですが、住民との距離が近すぎるカイルは、その瞬間、住人に手のひらを返され、慕われていた分、恨まれるでしょう」

事件や災害が起き、一部の住人を犠牲にする決断を下したとき、残った住人が「それが最良ならしょうがない」と言うだろうか？

いや、事情を話したところで受け入れられるわけがない。

「貴族は……特に領主は、普段からある程度理不尽で恐ろしいものだと、住人に理解させておかねばなりません。それができる点で、フラッテンだけでなく、ザイードも評価しておりましたが……」

そうか、普段から貴族は理不尽と思っていれば、いざ理不尽な目にあわされても、今までとあまり変わらない。

もちろん、本人が理不尽と思い込んでいるだけの場合でもだ。

カイルは住民との距離が近い、近すぎる。

俺はこのとき初めて、辺境伯がカイルを跡継ぎとしてみていない理由を理解した気がする。

「俺……私の考えは少し違うが、わかった。其方の考えを尊重しよう。フラッテンが次期領主であることは了解した」

ヴァンがフラッテンに目を向ける。そして一言。

「励め」

「はっ！」

フラッテンは優雅に立ち上がって礼を返した。

「だが、フラッテン以外に継承権を持つ子供がいないのは問題だ。娘の誰かを娶って、とっとと子供を作れ。これは王命だ」

「……は」

若い嫁さんをもらえるんだからいいじゃない！

とは思ったが、成人前ってことはカイルと同じくらいの歳？　ああ、うん。そりゃ、口ごもるよね。

頑張れ父ちゃん！

「ザイードに関してだが」

ヴァンが口にした瞬間、室内にピリッとした空気が流れる。

「おとがめなし……というわけにはいかん。現在代官として統治している土地をすべて取り上げる」

「そんな！」

俺はクソ甘い処罰だと思ったのだが、カイルが過剰に反応する。

これはあとで聞いた話だが、領主の子供にとって、代官として預かっている土地を取り上げられるのは、貴族社会に大きな汚点を残すことらしく、とても重い判決らしい。

それを知らない俺は、この判決を甘いとしか思えなかった。

せめて、思いっきりぶん殴りたい！

……まぁ、カイルがそれを望んでないのはわかってるんだけどね。

ヴァンが俺に視線を向け、ニヤリと笑ってからカイルに視線を戻す。

「それとカイル、ザイードを思いっきり殴っていいぞ」

「え⁉」

おお！　素晴らしい提案だ！　いいぞヴァン！

許可が出たからと言って、カイルがやるわけないんだけどね。

カイルが首を振っていると、部屋の隅で黙っていたザイードが顔を上げた。

「陛下。発言してもよろしいか？」

「ん？　許す」

「私は今までカイルをないがしろに扱ってきました。どこまでが本心で、どこまでが呪いか、判別できません。このようなことでカイルの気が晴れるとは思いませんが、どうか、その役目、その錬金術師にお願いいたします」

……え？　つまり俺に殴れと？

いいの？　思いっきりやるよ？

「ふむ……クラフト。お前、代わりに殴るか？」

面白そうにヴァンが肘を立てる。

俺は少し考えてから答えた。

「手加減せずにぶん殴って、罪に問われませんか？」

「兄さ……クラフトさん⁉」

カイルが目を丸めてこちらを向くが、実は結構いい案だと思うのだ。

ザイードが呪いで操られたのか、カイルを嫌いになったのかわからないが、カイルをいじめていたのは間違いない。

今までのザイードを、このまま許すのは心のどこかでしこりが残る。

だが、呪いが原因だったのも確かだ。

今、思いっきりザイードをぶん殴れば、小さなしこりも消えると思う。

「もちろん問わぬ」

「じゃあ、やります」

ヴァンは騎士に指示して、ザイードを俺の目の前に連れ出す。

「ザイード様、呪われていたことは理解します。同情もします。だけど、そのせいでカイルはずっと余分な苦労をしてきた。俺はそれらの恨みをすべて乗せてぶん殴りますよ？」

「ああ。やってくれ」

手かせをつけられたザイードは目を閉じ、少し強めに噛みしめる。

「では……どっせい！」

俺は冒険者時代に鍛えた格闘能力のすべてを駆使し、この一撃に全ての力を乗せ、思いっきり打ち抜いた。

「ごっはぁぁぁあ！」

思ったより派手にザイードは吹っ飛び、壁に打ち付けられる。

「ぶ……ぶはははははは！　遠慮なくやったな！」

「腹が立っていたのは事実なんで」

ただ、ここまで思いっきりぶん殴ると、不思議なもので、割と気持ちはすっきりしていた。

俺はこっそりとカイルに耳打ちする。

「どうだ？　少しはすっきりしたか？」

カイルは目を丸めたあと、少し困ったように微笑んだ。

「実は……少しだけ気持ちが良かったです」

二人で小さく笑いあう。

ヴァンが満足げに頷くと、手をぱっと振った。

「よし！　事前会議はこれにて終了とする！　残りの決定事項はすべて式典で発表する！」

そう宣言して、とっとと部屋を出て行ってしまったのだが……あれ？

そういうのを事前で決めるための会議だったんじゃないの？

俺の疑問を肯定するように、ベイルロード辺境伯が慌ててヴァンのあとを追う。

「お待ちください！　まだカイルの処遇も、湿地帯の件も……」

二人が離れていったことで、声はそこまでしか聞こえない。

これはあれだ。

本番でむちゃくちゃを言われるパターンだ。

俺とカイルはその場で頭を抱えるのであった。

▼今日この日から、伝説が始まるって話

次の日、マウガリア王国顕彰式が始まった。

カイルがなんらかの褒美をいただくのは確定だが、前日の会議で教えてもらえなかったのが少々不安だ。

緊急の式典ということで、王都ではなく、ベイルロード辺境伯での開催である。

さすがベイルロード辺境伯の城であると感心させられる、立派な謁見の間に、俺たちは集められていた。

「なんかここまで大げさな式典だとは聞いてないぞ」

「国王陛下の開催する公式な式典としては、小規模だと思いますよ？」

俺のつぶやきに、カイルが小声で返してくれた。

カイルは豪華な貴族服に身を包んでいる。

非常に立派だ。

「うん。似合ってるぞ」

「ありがとうございます。……ただ」

カイルが自分の服を見下ろす。

「陛下に指示された服なのですが……さすがに身分不相応かと思いまして」

「そうか？　かっこいいぞ？」

「これではまるで……」

がらーんごろーん。

カイルの言葉を遮るように、鐘の音が響き渡った。

壇上にカイルの父ちゃんが現れ、ゆっくりと手を振った。

「これよりマウガリア王国顕彰式を始める。全員姿勢を正すように」

俺はチラリと背後に目をやる。

式典は聞いていたよりも大規模で、大勢が参列している。近隣の貴族たちも集められているらしい。

ステンドグラスを通して、太陽光が差し込み、厳かで緊張感のある空気を演出している。

今までこの手の格式張ったものを馬鹿にしていたところもあった。

だが、カイルの父ちゃんが言っていた、領主が住民に対して畏怖を抱かせるための舞台装置と考えれば、必要なものなんだと、なんとなく理解する。

壇上のヴァン……いや、マウガリー陛下が椅子から立ち上がった。

形式的な挨拶やら、お約束ごとが終わると、ようやく本題に入る。

「こたびは広大な湿地帯の開拓という偉業を達成し、前人未踏の辺境に拠点となる街を作り、街道を整備し、いくつもの産業をおこしたカイル・ガンダール・ベイルロードに褒美を与える。前へ」

「はっ！」

カイルが背筋を伸ばし、王の眼前へと進む。

「ううう……カイル様……ご立派です、ご立派です！」

ペルシアが涙をだだ流しながら感動している。

「湿地帯でのご活躍を聞いたとき、アルファードの両手両足をへし折ってでも私が同行すべきだったと後悔したが……」

怖ぇえよ！

「もっとも大事な場面に立ち会えたことを、神に感謝したい！」

「アズールが喜ぶから、ぜひ教会に足を運んでくれ」

小声で適当にペルシアの相手をしておく。

「カイル・ガンダール・ベイルロード！　其方を新たに開拓伯爵に任命する！」

ヴァンの宣言に、招待されていた貴族たちがざわめく。

なかでも一番権力のありそうな貴族が、慌てて発言の許可を求めた。

「陛下！　開拓伯爵という爵位は聞いたこともございません！　それは……！」

「新設した。辺境伯よりは下になるが、侯爵と同等だと思え」

「ばっ⁉　馬鹿な！　仮に新設するとしても、男爵より下の地位とするのが筋というものでは⁉」

ヴァンに真っ向から文句を言っているのだから、この貴族の地位も高いのだろう。

この国での辺境伯は公爵と同等扱いと聞いた。公爵位は基本的に王族の血筋なので、血族以外の爵位としては侯爵が最高となる。

開拓伯が侯爵と同等ということは、実質最高位の爵位を与えられたに等しい。

そりゃ慌てるな。

「もともとカイルはオルトロスの後継候補だ。辺境伯になってもおかしくはない」

「そ、それは……」

「これでも私はお前たちの心情を考慮したつもりなのだぞ？　それともカイルを新たな辺境伯とするか？」

「いえ！　それは……」

偉そうな貴族が簡単にヴァンに言いくるめられる。

「私は王となったときから、開拓を推進し、人類を敵とする魔物の討伐に力を入れてきた！　今カイルはそれを推し進めるための重要人物である！」

おお！　ヴァンがかっこいい！

「ああ……カイル様……素晴らしい！」

ペルシアの気持ちもわかるがちょっと鬱陶しい。よく見たら無言なだけでアルファードの表情も似たようなものだった。

「カイル！　其方にはエリクシル開拓伯爵の地位を与える！」

カイルはわずかに顔を引きつらせたあと、すぐに真剣な顔になる。

「謹んで拝命いたします」

「家名は散々悩んだが、エリクサーで命を救われたお前には似合っているだろう」

「特別のご配慮、ありがたく思います」

エリクシルはエリクサーの別名だ。

ヴァンのやつ考えたな。

陛下に直接命名されるのは、誉れ中の誉れだ。本当に認められたのだろう。

「詳細は後日、すべての諸侯に回すが先に伝えておく。現在のベイルロード辺境伯の領地を西と東で分割。西側をエリクシル開拓泊の領地とする」

ヴァンの言葉に、なぜか貴族たちが急に落ち着きを取り戻し、笑みを浮かべる者が増えた。

事情を知っていそうなアルファードに小声で質問する。

「なんで急に貴族たちは歓迎ムードになったんだ？」

「彼らはベイルロード辺境伯の領地を広すぎると妬んでいたからな」

「王国全土の、半分くらいが辺境伯の領地なんだっけ？」

「そうだ。もっともゴールデンドーンができるまで、そのほとんどは手つかずのやっかいな土地だったというのに」

今だって、ほとんどは危険な辺境のままだろうが。特にゴールデンドーンを中心とした西側は、本当にヤバい土地なんだからな！　俺が内心で手のひらを返した貴族に腹を立てていると、その間にヴァンの話が進んでいた。

「エリクシル開拓泊よ。其方が今後拠点として住まう街の名前は、ゴールデンドーンで良いか？　それとも別名を考えるか？」

領主は街の名前を持ち、首都的な場所にその名前をつけるそうだ。

ベイルロード辺境伯ならガンダールなので、彼の住む街の名はガンダール。

ちなみに住む街を変えると、街の名前も変えなくてはならないらしい。

どうしても長期で別の街に住まなければならないときは、別荘などで誤魔化すそうだ。

「変えるつもりはありません。私は初めて手に入れた、ゴールデンドーンという開拓村を誇りに思っております」

「よし。ならば貴様は今日からカイル・ゴールデンドーン・フォン・エリクシル開拓伯である！　王国のために……人類のために励め！」

「国王陛下に忠誠を！」

カイルが深々と礼をすると、雷鳴のような拍手が響き渡る。

カイルを祝うというより、ベイルロード辺境伯の力が弱まることを喜んでいるやつも多そうだが、新たな貴族の誕生というのは、なんであれめでたいことなので、全員が祝福の言葉を口にしていた。

「カイル様！　ご立派です！　ご立派です！」

ペルシア泣きすぎ！　と思ったら、アルファードもヤバいほど泣いてたよ！

詳細は知らないが、カイルが小さい頃から付き合いがあったようなので、嬉しさもひとしおなのだろう。

二人だけではない。マイナも、レイドックも、キャスパー三姉妹も、ジタローも、リーファンも、シュルルも、ジャビール先生も、リュウコも、全員が、心よりカイルに祝福を送る。

俺も手が腫れるほどの拍手で、カイルを祝う。

カイル・ゴールデンドーン・フォン・エリクシル開拓伯。

自慢の弟が、生まれ変わった日である。

そして、伝説の始まった日でもあった。

【ある男の私的な回顧録】

マウガリア王国首都、ミッドライツの王城の一室。

俺はオルトロスから届いた、献上品を前に絶句していた。

テーブルに並べられた多くのポーション瓶。

震えながら目録を凝視している文官に、視線を向ける。

「おい、もう一度目録を読め」

「は……はい。まずこちらの塗り薬が、万能霊薬エリクサーとのことで、よ……四十四個献上されております」

俺は、じろりとポーション瓶を睨む。

万能霊薬エリクサー。名前は有名だが、実際に見たことがある人間は少ないだろう。そしてその少ない人間の一人が俺だ。

昔、瀕死の重傷と、猛毒に冒され、神官でも手の施しようがないと判断されたとき、王家に残る超貴重なエリクサーを使ったのだが、薬は塗り薬で、食べると美味しいと知っている人物は、俺以外にそうはいないだろう。

オルトロスにだけは話したことがあったので、やつが冗談で送ってきた可能性は……ないな。

むしろそのくらい可愛げのあるやつなら、もう少し融通の利く男になっていただろう。

王家にも残り数個という、超絶貴重品が四十四個……。さすがの俺でも頭痛がしそうだ。

いったい、どんなダンジョンを攻略したというのか。

俺が呆れて首を振りつつ、残りのポーション瓶に目を移す。それに気づいた文官がすぐに続きの目録を確認する。

「こちらの酒瓶型のポーションですが、副作用なく強力な能力向上を一定時間付与する、スラー酒です」

スラー酒。

名前は知っているが、今まで見つかったことのなかったポーションだ。

伝承に時々出てくる名前だが、実在したとは……。

しかし、もし超高難度のダンジョンを攻略したのであれば、見つかっても不思議はない。

……一つ二つなら。

「その……こちらのスラー酒は百二十九個献上……されております」

文官が震える理由もわかる。一〇〇個を超えるとか意味がわからん。

「最後に若返り薬のアムリタが五〇個ほど献上されました」

アムリタは、時々献上される筆頭のポーションなので、文官が少しばかり安心したように目録を読み上げたが、五〇個という異常事態が薄れるほど感覚が狂っているらしい。

若返り薬アムリタは、時々ダンジョンで見つかる。

貴重は貴重だが、国王である俺からすれば、そこまで珍しいものではない。場合によっては配下の褒美に使うくらいだ。

だが、しかし……。

俺はテーブルの上に、所狭しと並べられた幾多のポーション瓶に呆れるしかない。

「目録とは別に、こちらがオルトロス・ガンダール・フォン・ベイルロード辺境伯よりの書状です」

「寄越せ」

俺は文官から目的の物をひったくる。

オルトロスから献上品があると知らせを受けたとき、いつものことだと、一緒に送られた書状を読まなかった。もちろん死ぬほど後悔している。

オルトロスの人格がにじみ出そうな、無骨だが丁寧な文字を凝視する。

代筆ではなく、本人が直接執筆している事実が、ことの重大さを物語っている。

それまで無言で立っていた、長い白ひげの老人……宮廷錬金術師筆頭であるバティスタ・フォン・ヘルモンドがぼそりとつぶやく。

「陛下、ベイルロード辺境伯はなんと？」

今、王城でもっとも献上品に興味のあるのはこの男だろう。優秀な錬金術師だ。

さすがにジャビールには劣るが。

俺はため息交じりに、手紙を要約してやる。

「オルトロスは三男に辺境の開拓を任せたらしい。街道の整備が少しでも進めばという程度の気持ちだったらしいが……」

俺はそこで言葉を切り、壁際に移動する。

「陛下？」

バティスタがこちらを目で追うが、俺は無視して、壁の棚に飾られていた酒瓶を一つ取る。

高級な酒で、インテリアだ。普通は飲むものではない。

だが、俺は無言でその栓をはずし、ラッパ飲みで一気に喉へと流し込む。

「陛下⁉」

「ふん。しらふでこんなことを言えるか！」

俺は続きを教えてやる。

「オルトロスの三男カイルは、長く人が踏み入ることさえできなかった、王国北西の広大な危険地帯に、補給拠点となる村を築き、街道を通した！」

バティスタが目を丸くする。

そう、これだけでも王国始まって以来の快挙だろう。だが、こんなのはまだ序の口だ。

「そして、街道整備中に、グリーンドラゴンを発見。冒険者をかき集め、討伐に成功したそうだぞ！」

「は……ドラゴン……ですか？」

常に冷静沈着な錬金術師のバティスタが、年季の入った眉間のしわを、さらに増やす。

「ああ！　巨大なドラゴンを討伐し、貴重だが保存のできない素材を使って、これらのポーションを作ったとある！」

ダンジョンの奥で見つけたというなら、まだ納得できた。しかし、書状には確かに「作った」と明記されている。

バティスタが声を震わせた。

「作った……？　幾人もの錬金術師が錬成しようと生涯を費やし……夢破れていった、万能霊薬エリクサーを……作ったとおっしゃいましたか？　誰が……いったい誰が⁉」

気持ちはわかる。俺とて、オルトロスの手紙でなければ、鼻で笑い飛ばしていたところだろう。

だが、テーブルに並ぶ瓶を見れば、苦笑しか出ない。

「もちろん錬金術師だ。所属は生産ギルドで、もともとは冒険者だった男だそうだ」

「……は？　意味がわかりませぬ」

「俺もだ。詳細はわからぬが、冒険者が金の掛かる紋章の適性診断をしたらしい。結果、新しく得た紋章が、黄昏の錬金術師」

「ばっ！　馬鹿な⁉　どれほど優秀な錬金術師同士の子供からも発現することがなかった、黄昏の⁉　信じられませぬな！」

「俺もだ。と言いたいところだが、むしろそれなら理解できると思わないか？」

バティスタの前に並ぶ、エリクサー、スラー酒、アムリタに向かって腕を振る。

俺の動きにつられて、バティスタがポーションに視線を向ける。

「……その錬金術師の名は？」

「クラフト……、クラフト・ウォーケン。元孤児で、元冒険者で、元魔術師で、今や生産ギルドの重鎮にして、凄腕の錬金術師だ」

◆　◆　◆

オルトロスからの献上品はポーションだけではなかった。後日、討伐したドラゴンの頭と、一部の素材が届けられる。

超貴重素材が手に入ったことは、瞬く間に貴族たちに広まった。むしろ、この件のおかげで、エリクサーの話を上手く隠せたのが僥倖か。

ベイルロード辺境伯がドラゴンを討伐したというのは確認できても、その素材から万能霊薬エリクサーが作られたとは、どの貴族も思わないだろう。

この献上されたドラゴンの素材を、俺から少しでも手に入れようと、貴族たちが跳梁跋扈し始める。

たいした功績もあげていない貴族どもが、次から次へと押し寄せ、どうでもいい功績をアピールしてくる。

確実に功績をあげたオルトロスには、いくつかのポーションとドラゴンの貴重素材を下賜。

馬鹿な貴族どもには、素材を下賜して欲しければ、オルトロスに匹敵する功績を見せよと追い出す日々が続いた。

そのおかげで本来の仕事がたまり、ある程度暇になるまでかなりの時間がかかった。

仕事をこなす日々の間にも、オルトロスとジャビールから、呆れるような報告が次々と届く。

カイルの有能さは、理解の範疇だが、カイルが慕っているクラフトという錬金術師がおかしい。

ジャビールに弟子入りしたおかげで、それまで情報の少なかったクラフトという男の情報が、ようやく入ってくる。

ジャビール経由でエリクサー、スラー酒、アムリタの作り方が送られてきたときには、さすがの俺も、ジャビールを疑ったものだ。

だが、製法を記した羊皮紙を、バティスタがひったくるようにして奪い、それからしばらく自室から出てこなかったことを考えると、本物なのだろう。

残念ながら、バティスタが製造するには魔力も素材も技術も足りないらしい。

また、同時に届けられたのは大量のスタミナポーションである。

ジャビールの手紙によると、伝説品質のポーションであり、軍に採用すれば、強力無比な兵隊が作れるかもしれないとあったが、いくら樽単位で送られてきても、兵士に貴重なポーションを配る気にはならなかった。

どうやらジャビールも、クラフトと同品質のスタミナポーションを作ることは可能なようだが、クラフトが使う素材よりも、高品質なものが必要で、かつ量も必要らしい。そのうえで少量完成させるのが精一杯とのことだ。黄昏の錬金術師恐るべし。

クラフトというやつは、いったいどんな化け物錬金術師だというのだ……。

その日から、スタミナポーションは俺専用の栄養剤となる。

それは、いくら書類仕事をしても、肉体的な疲労を一切感じなくなるという、恐ろしい効果のポーションだった。

このとき、息抜きでもいいから、思う存分、技を繰り出しまくっていれば、スタミナポーションに宿る真の価値に気がつけたものを……。

それ以降届く報告も、さっぱり意味がわからないものが続いた。

例えば、ジャビールがガーゴイルなどを作る技術を教えてやれば、竜牙兵(ドラゴントゥースウォーリアー)をベースとした、最強のメイドを生み出したとか。

ミスリルを薬だけでさらに強化したとか。

紋章を持たない孤児を鍛え、剣技や魔法を覚えさせたとか。

王都より発展した都市を建設したとか。

……もはや理解の範疇を超えている。

だが、この短期間で都市を作れた理由はすぐに判明。ジャビールが送ってきた、錬金硬化岩という、画期的な建材のおかげだ。

もちろんこれもクラフトの作り出したものだが、ジャビールが手を加え、錬金術師の紋章持ちであれば、量を生産できるレシピと製法を送ってくれたからだ。

しばらくは王国国内で製法を秘匿しようとも思ったが、例の学会とかいう組織に、ジャビールが製法を発表してしまったおかげで、それはできなくなった。

まぁ、魔物との最前線にある、ゼビアス連合王国がこの製法を知るのは、人類のためになるだろう。

この錬金硬化岩、とにかく便利だ。

王都に住む、全ての錬金術師に、錬金硬化岩に使う錬金薬を発注。

処理に困っていた火山灰と石灰を混ぜれば、錬金硬化岩の完成だ。

なにが凄いと言えば、切り出した石を積み上げていくのと違い、型枠に流し込み、固めるという作り方なので、それまでに不可能だった形状にもできる。

これは複雑で防御力の高い砦や城を、短時間のうちに作れるということだ。

俺は人類の敵である魔物の討伐を国是として掲げている。

今まで砦の建築が難しかった地域に、ようやくまともな拠点をいくつも設置することができた。

おかげで、この短期間で、じわじわと人類の生存権が拡大していく。

おそらく加速度的に増えていくだろうと思われたが、そう甘くはなかった。

ある程度魔物の領域に踏み込めば、それまで見たこともないような、強力な魔物がわんさかと現れるのだ。

冒険者殺しのサイクロプス。湿地帯の主ヒュドラ。石化をまき散らすコカトリス。他にも普段めったに姿を見せない強力な魔物が、姿を見せるようになる。

幸い、小さな砦をいくつも建設できた。一定のラインで魔物からの侵攻を抑えられるようになったのは大きな成果だろう。

これは新たな防衛ラインとして機能している。

もっとも、それ以上領土を広げるには、強力な魔物を倒せる軍隊が必要になる。

つまり、俺と同等……いや、半分の能力を持つ兵士が複数必要ってことだ。

「……いるわけないだろ」

思わず頭を抱える。自慢じゃないが、俺はこの世界でもトップクラスの戦闘能力を持っているだろう。

左手をちらりと見やる。銀色に輝く紋章は、聖騎士である。

本来、俺は国王になるつもりなどなく、王を守る騎士となるべく己を鍛えていたのだ。

継承権がそれほど高くなかったことからも、自由に過ごしていた。

いろいろあって、結局俺が国王の座につくことになってしまったのは、俺からしても誤算である。

そんな中入ってきた情報は、ゴールデンドーンの大地を埋め尽くすコカトリスの大群を、市壁が完成していない状況で迎え撃ち、一人の犠牲者も出さずに全滅させたというものだ。

しかも、スタンピードしているコカトリスの大群をだ。

勝利した大きな理由は、クラフトが作ったポーションなのは間違いない。

だが、間違いなく俺と同等の強さを持つ者が複数いる。

「カイルの護衛二人は優秀だ。だがそれだけでは足りぬ。カイルは冒険者を活用していると報告があった。つまり、俺に匹敵する冒険者がいる可能性が高い」

側近を奪うことはできないが、冒険者とギルド員なら引き抜きも可能だ。

いや、それは悪手か。むしろカイルを中心として、強力な兵力を集めて、開拓を進めさせるべきか。

俺は椅子の背に体重を預けて、天を仰ぐ。

なにより。

「黄昏の錬金術師……クラフト・ウォーケン。人類反撃の切り札になるかもしれん」

俺はゆらりと立ち上がる。

そして俺、つまり国王の許可がなければ入れない、厳重な警備をされた部屋へと向かう。

あとで側近どもにしこたま叱られることを覚悟して、ある秘密の方法を使い辺境伯の住まう街、ガンダールへと単身で向かったのである。

そう。ゴールデンドーンを見るために。

本書に対するご意見、ご感想をお寄せください。

あて先

〒162-8540 東京都新宿区東五軒町3-28
双葉社　モンスター文庫編集部
「佐々木さざめき先生」係／「あれっくす先生」係
もしくは monster@futabasha.co.jp まで

冒険者をクビになったので、錬金術師として出直します！ ～辺境開拓？ よし、俺に任せとけ！④

2020年7月1日 第1刷発行

著　者　佐々木さざめき

発行者　島野浩二

発行所　株式会社双葉社
〒162-8540　東京都新宿区東五軒町3番28号
［電話］03-5261-4818（営業）　03-5261-4851（編集）
http://www.futabasha.co.jp/（双葉社の書籍・コミック・ムックが買えます）

印刷・製本所　三晃印刷株式会社

［電話］03-5261-4822（製作部）
ISBN 978-4-575-24295-9 C0093